Les Très-mirifiques et Très-édifiantes Aventures du Hodja Nasr Eddin

Les Très-mirifiques et Très-édifiantes Aventures du Hodja

Nasr Eddin

Compilation de contes
d'origine arabo-musulmane
par Christophe Noël

©2020- Christophe Noël
ISBN - 9782322256310

Édition : BoD – Books on Demand
12/14 rond-point des Champs-Élysées, 75008 Paris
Impression : BoD - Books on Demand, Norderstedt, Allemagne

Dépôt légal : novembre 2020

A propos de Nasr Eddin Hodja

Nasr Eddin (1) Hodja (2), parfois orthographié Nasreddin ou Nasreddine (victoire de la religion), voire Nasrudin, est un personnage mythique de la culture musulmane, philosophe d'origine turque, né en 1208 à Sivrihisar (dans le village de Hortu) et mort en 1284 à Akşehir. Il est le fils de l'imam Abdullah Efendi et de Sıdıka Hanım.

Son personnage s'est fondu à celui de Joha (au Maghreb) Jha, Djha ou Djouha (Algérie) Djeha. Le personnage de Joha préexistait à celui de Nasr Eddin Hodja sans que l'on puisse clairement déterminer l'origine de ce personnage du monde musulman. En Afghanistan, Iran et Azerbaïdjan, on l'appelle Mollah (3) Nasreddin et en Asie centrale Appendi (du turc Efendi : monsieur), mais ce sont toujours les mêmes aventures que l'on raconte à son propos. Ses histoires courtes sont morales, bouffonnes, absurdes ou parfois coquines. Une partie importante d'entre elles a la qualité d'histoire enseignement.

Ouléma ingénu et faux-naïf prodiguant des enseignements tantôt absurdes tantôt ingénieux, sa renommée va des Balkans à la Mongolie et ses aventures sont célébrées dans des dizaines de langues, du serbo-croate au persan en passant par le turc, l'arabe, le grec, le russe et d'autres. Ses histoires ont parfois pour protagoniste le terrible conquérant Tamerlan (Timour Leng), pour qui il joue le rôle de bouffon insolent bien que la situation soit anachronique. D'autres histoires mettent en scène son âne et sa première femme Khadija ; il exerce parfois la fonction de Cadi (juge) voire d'enseignant dans une médersa.

Les histoires de Nasr Eddin ont généralement la même structure, en trois parties :

"D'abord, exposition très brève d'une situation initiale, presque toujours solidement plantée dans la réalité la plus quotidienne, parfois la plus triviale ; puis confrontation du Hodja avec un ou plusieurs interlocuteurs, qui aboutit à une situation de conflit ou, à tout le moins, de déséquilibre (même quand cet adversaire n'est autre que lui-même !);

enfin, résolution ou chute, inattendue, voire franchement sidérante, et qui se résume aux paroles que le Hodja lance à ses contradicteurs médusés. Ce sont elles qui portent toute l'histoire, qui en font la drôlerie et la saveur."

Les histoires de Nasr Eddin Hodja peuvent être appréciées pour l'absurdité amusante que révèlent la plupart des situations. Mais elles peuvent aussi être interprétées comme des contes moraux ou des histoires présentant un contenu spirituel. Ainsi, Idries Shah a compilé des recueils d'histoires de Nasr Eddin Hodja pouvant être lues sur un plan spirituel, suivant la tradition soufie (4).

Ces contes sont issus de la sagesse populaire et transmis de bouche à oreille au travers des siècles. Je n'ai – à mon grand dam - pas effectué d'études de littérature comparée, ni de philologie. Il n'empêche que j'y retrouve certaines constantes universelles. Par exemple, le conte du bûcheron n'est pas sans évoquer celle, issue d'une fable du Moyen-Âge, de cet aubergiste indélicat. Ayant remarqué un passant arrêté sur le pas de sa porte, alléché par l'odeur de ses poulardes et chapons mis à cuire piqués sur une broche au-dessus d'un bon feu, l'aubergiste prétendit faire payer le badaud pour s'être pourléché à l'odeur de ses rôts. Après quelques stériles protestations, le voyageur fit tinter quelque menue monnaie sur le pavé, invitant le commerçant à se payer ainsi du son produit par les piécettes tout comme il avait consommé lui-même le parfum des volailles de l'hôte.

Les anecdotes ou contes ici retranscrits proviennent de diverses sources. On pourra ainsi constater que certains se résument à trois lignes tandis que d'autres sont beaucoup plus développés et meublent plusieurs pages. Les tons sont différents, mais également les dénominations du personnage central. J'ai choisi de les présenter dans un ordre alphabétique de titres, l'article n'étant pas pris en compte.

(1) Les différentes graphies seront successivement utilisées.
(2) Voir lexique.
(3) Voir lexique.
(4) Le soufisme est la vision ésotérique, et mystique de l'islam. Il s'agit d'une voie d'élévation spirituelle par le biais d'une initiation dite tassawuf ou encore tariqa, qui par

extension désigne les confréries rassemblant les fidèles autour d'une figure sainte. Le soufisme trouve ses fondements dans la révélation coranique et dans l'exemple de Mahomet, et on peut donc dire qu'il est présent, depuis les origines de la révélation prophétique de l'islam, dans les branches sunnite puis chiite, bien qu'il ait pris des formes différentes dans les deux cas. Dès les débuts de l'islam, des oulémas et des savants comme Ibn Khaldûn se sont élevés contre ce qu'ils qualifiaient « dérives » du soufisme, et ils ont émis des critiques que ce soit sur la pratique religieuse ou sur le dogme4. De nos jours, le wahhabisme est totalement opposé aux pratiques soufies.

GLOSSAIRE

Akçe: Ancienne unité monétaire de la Turquie, une petite pièce d'argent évaluée à un tiers d'un para (voir par.
Akşehir: Nasreddin Hodja est soupçonné d'avoir vécu à Akşehir (canton de Konya, Anatolie centrale) qui abrite son mausolée aujourd'hui.
Allah: Le mot arabe pour Dieu.
Baklava (baklawa): Un dessert riche turc, grec et moyen-oriental à base de feuilles de pâte très fines et de noix. Une pâte simple à la farine et à l'eau est étirée en fines feuilles, coupées et superposées dans un grand plateau de four. Chaque feuille est généreusement brossée avec du beurre fondu, et entre les couches noix, pistaches ou autres noix écrasées sont posées. Après la cuisson dorée, la pâte est trempée dans un sirop lourd de sucre, de miel et de jus de citron.
Dolmas : feuilles de vigne farcies avec du riz, des oignons émincés, des pignons de pains et des épices.
Efendi (effendi): efendi turc, un titre de respect ou de courtoisie en Turquie; un homme de haut niveau ou de statut social dans un pays de l'est de la Méditerranée ou arabe. Même si « efendi » a un sens similaire, presque identique à « hodja », Nasreddin Hodja est généralement abordé comme Hodja Efendi par ses pairs, supérieurs et villageois.
Hamam (hammam, hummaum) : Etablissement de bains orientaux ou turcs.
Helva (halvah, halva, halavah): Dessert composé de graines de sésame et de sucre. Dans les anecdotes du Hodja, une variation simplifiée à base de farine ou semoule, beurre et sucre.
Hoca (hodja, khoja, khojah): Musulman dévôt respecté pour son

savoir coranique et peut accomplir des tâches utiles à la communauté islamique ; un maître.
Imam: Chef religieux; théologien Islamique respecté.
Kadı (qadı, kadhi, ou encore cadi): Juge local, de première instance.
Kebab : viande –terme générique.
Konya: Ville centrale Turque. Un des plus anciens centres urbains, située au sud-ouest du Plateau Anatolien, Konya a abrité également l'école soufie de Mevlana.
Mihrab : niche architecturale pratiquée dans le mur d'une mosquée pour indiquer la qibla, c'est-à-dire la direction de la kaaba à La Mecque vers où se tournent les musulmans pendant la prière. Il est souvent au milieu du mur de la qibla, et souvent décoré avec deux colonnes et une arcature.
Minaret : tour étroite et élevée dans une mosquée, d'où le muezzin appelle les fidèles à la prière.
Minbar : sorte d'escabeau servant de chaire d'où le prédicateur fait son sermon lors de la prière du vendredi dans une mosquée. Il est un élément important de la salle de prières avec le mihrab.
Mollah (ou mollâ) : désigne un érudit musulman dans les mondes turco-iranien et indien, par exemple en Iran, en Afghanistan, au Pakistan, en Inde ou encore en Turquie. Dans le monde arabe, on utilise plutôt le terme d'ouléma pour des fonctions analogues.
Muezzin: religieux appelant les fidèles Musulmans à la prière depuis le minaret de la mosquée.
Ocque (oqa, ouqia): unité de poids valant entre 1,250 et 1,280 kilo.
Pilaf (ou pilau) : préparation de riz, où il est frit dans l'huile avec des oignaons émincés, avant de rajouter l'eau.

Sivrihisar : ville et un district de la province d'Eskişehir dans la région de l'Anatolie centrale en Turquie.

Timur (Timour, Timur Leng, Tamerlan : Timour (1336 – 1405) fut fils et successeur de Cengiz Khan (Djenghiz, Genghis Khan), guerrier et législateur Mongol, un des plus grands conquérants de l'histoire. Cause de la disruption temporaire de l'Empire Ottoman gagnant la bataille d'Ankara (Angora) and capturant le Sultan Bayezid. Anachronisme car Timour vécut plus de 100 après la mort de Nasreddin. Il entra cependant dans les histoires du Hodja aux environs du 17ème siècle, pour incarner l'autorité et l'oppression.

Absent
Quelqu'un vint trouver Nasreddin *Hodja* chez lui. Celui-ci était à sa fenêtre, et ne voulant pas être dérangé, se cacha. Mais l'autre l'avait vu et frappa donc à la porte. La femme de Nasreddin alla ouvrir.
-- Que veux-tu ?
-- Je veux voir le *hodja*.
-- Il est sorti.
-- Très bien ! Salue-le de ma part et dis-lui aussi de ne pas oublier sa tête sur le rebord de la fenêtre quand il va se promener.

L'âge
On demanda à Nasreddin *Hodja* :
-- Qui est le plus âgé ? Ton frère ou toi ?
-- A vrai dire, répondit-il, selon ce que me dit ma mère, mon frère avait un an de plus. Mais cette année, un an après, nous avons le même âge.

A la lumière
Un homme trouve Nasreddin *Hodja* en pleine nuit, à quatre pattes, cherchant quelque chose dans le halo de lumière d'un lampadaire.
-- As-tu égaré quelque chose ? lui demande-t-il.
-- Oui, j'ai perdu mes clés, répond Nasreddin.
-- Et où les as-tu laissées tomber ?
-- Là-bas, dit Nasreddin, en désignant un porche obscur.

-- Mais alors pourquoi les cherches-tu ici, alors que tu les as perdues ailleurs ? C'est stupide !
-- Pas tant que ça ! répond le *hodja*, je préfère les chercher là où il y a de la lumière !

L'âne

Un voisin était venu demander à Nasreddin *Hodja* de lui prêter son âne. Celui-ci n'en avait nullement l'intention et dit :
-- Je te l'aurais prêté volontiers, mais mon âne n'est pas ici.
A peine eut-il prononcé ces paroles qu'on entendit le cri de l'animal.
-- Hodja, n'as-tu pas honte, à ton âge, de mentir effrontément ?
Et Nasreddin de répondre :
-- Il est possible que je mente. Mais c'est étrange que tu croies mon âne plutôt que moi.

L'âne *cadi*

L'âne de Nasreddin Hodja s'était encore perdu. Cette fois, il était introuvable. Les jours passaient, le pays en riait. Pour se moquer, un plaisantin dit à Nasreddine :
-- Es-tu au courant ? Ton âne est *Cadi* à Bagdad.
Sans s'émouvoir, *Hodja* répliqua :
-- Cela ne m'étonne pas. Ce n'est pas sans raison que, quand je vous enseignais, il était si attentif, dressant ses oreilles. On pouvait déjà voir qu'il réussirait dans la vie.

L'âne du chef

Un jour, le chef du village perdit son âne. Il était dans tous ses états et en hurlant, il ordonna aux paysans de retrouver ce dernier immédiatement.

Tout le monde était épouvanté et chacun courait de tous côtés à la recherche de l'âne du chef. Sur la route, des chercheurs effrayés rencontrèrent Nasreddin *Hodja* et lui demandèrent :

-- Aide-nous, *Hodja*. Si tu vois un âne sans son maître, prends-le et ramène-le au village.

Nasreddin promit de faire ainsi et continua son chemin en chantonnant. Le voyant si joyeux, un paysan qu'il rencontra lui demanda :

-- Hodja, où vas-tu de si bonne humeur ?

-- A la recherche de l'âne du chef.

-- Jamais on n'a vu quelqu'un chercher un âne en chantant.

-- Pourquoi pas, l'ami ? Si tu cherches un âne qui n'est pas à toi, tu peux bien le chercher en chantant !

L'âne et le sac

Nasreddin *Hodja* allait au marché pour vendre les produits de son jardin. Il monta sur son âne et prit le sac de légumes sur ses épaules. Il rencontra un ami qui lui dit :

-- Pourquoi portes-tu le sac sur tes épaules ?

-- Pour qui me prends-tu ? L'âne me porte déjà, tu ne voudrais pas qu'il porte aussi le sac !

Un âne exceptionnel

Le *Hodja* lança un regard furieux au petit âne gris qui battait l'air patiemment avec sa queue pour éloigner les myriades de mouches qui l'assaillaient, attendant que Nasreddin lui mette sur le dos la vieille carpette qui servait de selle.

-- Non et non ! Je ne garderai pas cet âne un jour de plus !

-- Qui te dit qu'un nouvel âne ne sera pas aussi têtu, sinon plus que celui-ci, suggéra Khadija.

-- Cet âne est plus que têtu ! fulmina Nasreddin. Il mange comme un éléphant, mais devient chaque jour plus maigre. Il est lent comme une tortue, paresseux comme une couleuvre, vicieux comme un renard, stupide comme un poisson et têtu comme un âne !

Khadija tapota le petit âne qui frotta alors affectueusement sa tête contre sa manche. Elle ne dit rien. Elle s'était suffisamment disputée avec son mari pour deviner quelles seraient ses réactions.

-- Dis adieu à ce bestiau ! dit Nasreddin, en enfourchant le petit animal et lui ordonnant, selon la manière habituelle de conduire les ânes d'avancer. Ce qu'il ne fit pas.

-- Un autre âne aurait déjà avancé à cet ordre. Tu verras quel excellent âne je ramènerai du marché. Je peux vendre ce misérable suffisamment cher pour en acheter un autre meilleur et il me restera une pièce d'or pour te permettre de confectionner une nouvelle robe.

Ughr-r-r-r, gronda-t-il de nouveau.

Le petit animal agita ses longues oreilles, à contrecœur, et s'en alla. Jubilant à l'évocation de l'importante affaire qu'il allait réaliser au marché, notre *hodja* tapota le cou de son âne et se dirigea vers la place du marché.
-- Voici un âne dont son propriétaire sera fier, dit Nasreddin en remettant l'âne au commissaire-priseur.
-- Un tel âne devrait rapporter un bon prix, confirma le commissaire-priseur.
Il poussa l'âne, pinça ses pattes et en regarda les dents. Comme Nasreddin, il vanta bien fort ses mérites.
Le commissaire-priseur avait aligné les animaux l'un après l'autre pour la vente. Aucune offre n'a été faite pour celui de Nasreddin.
Ce dernier n'avait d'yeux que pour un âne qu'il voyait plus grand, plus soyeux et plus dodu que les autres. Sûrement c'était l'âne qu'il lui fallait. Finalement, tous les ânes ont été vendus, sauf deux – celui que Nasreddin avait amené et celui qu'il avait décidé d'emporter.
Il fut soulagé de voir que le commissaire-priseur amenait d'abord son vieil âne. Il avait besoin d'avoir l'argent de sa vente avant de faire une offre pour l'âne sur lequel il avait jeté son dévolu.
-- Voici un âne qui vaut la peine d'être acheté ! dit le commissaire-priseur, en se frottant les mains. Je l'ai souvent observé et j'ai regretté qu'il n'ait pas été mien. Voyez cette lueur dans ses yeux ! C'est un âne qui vous obéira avant que vous ne lui en ayez donné l'ordre.

Regardez ces muscles! Et ces pieds graciles! Je parie que cet âne est plus rapide que n'importe quel autre d'*Aksehir* !

Nasreddin *Hodja* regarda les pattes de son âne. Il n'avait jamais remarqué qu'elles fussent graciles ni combien son poil était si soyeux.

-- Combien offrez-vous pour le plus beau, le plus fort, le plus sage, le plus travailleur, le plus obéissant des ânes de tout *Aksehir* ?

-- Trente livres, offrit un villageois.

Nasreddin le regarda fixement.

-- Trente livres pour le meilleur âne d'*Aksehir* !

-- Cinquante, surenchérit Nasreddin.

-- Soixante livres, proposa un autre villageois

-- Soixante-dix ! Quatre-vingts ! Quatre-vingt-dix !

Le prix est monté, jusqu'à ce qu'un villageois offre deux cents livres.

-- Deux cent dix, proposa un autre.

-- Deux cent vingt, cria Nasreddin.

Aucune autre offre n'ayant été faite, le commissaire-priseur remit la bride à Nasreddin, qui paya ainsi cash son propre âne.

Ughr-r-r-r, ordonna-t-il à l'âne qui s'est mis à trotter vers la maison. Comme Khadija sera fière de cette acquisition !

A mi-chemin de la maison, il commença à se demander pourquoi sa bourse était vide. Il avait projeté, en bon négociateur, de ramener à la maison un âne et plus d'argent qu'il n'avait emporté. C'était embarrassant. Peut-être Khadija pourra-t-elle le lui expliquer ?

L'âne gaucher
Nasreddin *Hodja* devait aller dans un autre village. Il était monté à l'envers sur son âne. Aux paysans qui lui demandèrent pourquoi, il répondit :
-- Non, je ne suis pas à l'envers sur l'âne, c'est l'animal qui est gaucher.

Des ânes pas chers
Nasreddin *Hodja* est allé au marché pour y vendre des ânes. Les prix qu'il proposait étaient si peu élevés qu'aucun des autres marchands d'ânes ne pouvait le concurrencer. Un jour, l'un d'eux vint le voir :
-- *Hodja*, comment fais-tu pour proposer des prix imbattables, pour des ânes magnifiques et bien entretenus ? Moi, je vole le fourrage, je paie mal mes garçons d'écurie et pourtant je n'arrive pas à vendre moins cher que toi ! Quel est donc ton secret ?
-- Mon secret, lui confia Nasreddin, je vais te le dire, tout à fait entre nous : les ânes, je les vole.

L'âne perdu
L'âne de Nasreddin *Hodja* se perdit dans un bois. Son maître le cherchait, levant les mains vers le ciel.
-- Merci, mon Dieu !
Un paysan, surpris de cette attitude étrange, lui demanda :
-- Tu as perdu ton âne et tu remercies Dieu ! Pourquoi ?

-- Et si j'avais été sur ton âne ? Où serais-je à cette heure ? C'est pour cela que je remercie Dieu.

L'âne qui lit
Nasr Eddin a répandu à la Cour le bruit qu'il a un âne qui sait lire. *Timour Leng*, fatigué des facéties et des absurdités de son bouffon, lui fait dire que s'il ment, il recevra de sa main trente coups de bâton.
Nasr Eddin va donc chercher son âne, qu'il a dressé, avec force carottes et morceaux de sucre, à braire tant et plus dès qu'on lui met un livre sous les naseaux. Il fait coucher la bête devant Timour.
-- Qu'on apporte un livre, crie alors le hodja. Mais pas trop difficile, tout de même !
À peine le livre est-il devant lui que l'âne se met à braire tant et plus de manière stupide ; son maître ne manque pas de lui tourner les pages.
Timour entre dans une violente colère :
-- Face de goudron ! Fils de chien ! Tu m'as trompé ! Ton âne ne sait que braire comme tous les autres. Apportez-moi le bâton, il va t'en cuire !
-- Seigneur, ne commets pas d'injustice, je t'en prie, lui répond Nasr Eddin. Je n'ai pas dit qu'il parlait. J'ai dit qu'il lisait, mais comme un âne naturellement !
Timour est décontenancé.
-- Tu es retors mais tu ne vas quand même pas me faire croire qu'il comprend quelque chose !

-- Oh ! ça, pour savoir ce qu'il comprend, il faudrait être un âne soi-même !

Ane vole
Nasreddin Hodja descendait de la montagne avec son âne. L'animal tomba dans le précipice. Le pauvre Hodja, arrivé au village, croisa un ami :
-- Où est ton âne, Nasreddin ?
-- Il a volé dans un précipice.
-- Comment, il a volé ?
-- Oui, il a bien volé, mais il n'a pas su atterrir.

L'appel
Un jour, le *muezzin* invitait du haut de son *minaret* les fidèles à la prière.
Tous se dirigeaient vers la mosquée, alors que Nasreddin Hodja s'en allait dans la direction opposée.
-- Hodja, n'entends-tu pas l'appel du *muezzin* ? lui crièrent-ils. Pourquoi t'éloignes-tu ?
-- Je ne m'éloigne pas, je ne fuis pas dans la direction opposée. Je me contente de suivre la voix pour savoir jusqu'où elle porte.

A qui sont les pieds ?
Un jour, quatre garçons traversaient un ruisseau qui coulait à l'extérieur d'Aksehir, quand ils entendirent le bruit des sabots d'un âne.

-- Cela ressemble à l'âne du Hodja! dit Mouloud, le fils du boucher.

Bientôt, sur le chemin qui longeait le ruisseau, les garçons observèrent un petit âne gris, portant sur son dos Nasreddin, à demi somnolent.

-- Il est tellement endormi, que je parierais que nous pouvons lui jouer un tour, dit Djamal, le fils de l'épicier.

-- Quel tour ? demanda Mahmoud, le fils du bourrelier.

-- Nous devons trouver vite ! dit Karim, le fils du tisserand.

L'âne et son propriétaire approchaient.

-- Devons-nous l'appeler ? chuchota Mahmoud.

-- Non ! répondit Karim. Si nous le laissons parler le premier, il ne soupçonnera rien.

L'âne et Nasreddin s'arrêtèrent près des garçons.

-- Bonjour, les jeunes ! dit Nasreddin. Qu'avez-vous donc pour vous tenir ainsi, comme des arbres plantés dans le ruisseau ?

Les garçons poussèrent du coude Mouloud pour qu'il parle.

-- Oh *Effendi* ! dit ce dernier, d'un ton affecté qu'il voulait affligé. Nous sommes dans une situation épouvantable !

-- Vous avez des ennuis ? Comment puis-je vous aider ? dit Nasreddin, qui était descendu de son âne, s'était déchaussé et barbotait dans le ruisseau.

-- Si vous, vous ne pouvez pas nous aider, personne ne le pourra et nous devrons rester debout ici dans le ruisseau le reste de nos jours, lui répondit Mouloud.

-- Oh sage Nasreddin Hodja! Que devons-nous faire ? répéta Karim.

Nasreddin regardait attentivement dans l'eau pour trouver quelle chose épouvantable leur était arrivée. Tout ce qu'il pouvait voir, c'était un ensemble de huit pieds vigoureux et trapus. Les garçons poussèrent du coude Djamal pour qu'il continue l'histoire.

-- Vous ne voyez donc pas ce qui est arrivé, *Effendi* ? gémit ce dernier. Nos pieds sont complètement emmêlés. Je pense que ce pied-ci et que ce pied-là sont les miens, mais Mouloud dit que l'un des deux est le sien.

-- Je dis que ce pied et celui-là sont à moi, revendiqua Mahmoud.

Mais Karim revendique le premier. Et ainsi de suite, chacun revendiquant les pieds de l'autre. Nasreddin observa et claqua sa langue comme pour montrer qu'il était désolé pour les garçons. Il s'approcha de la rive et prit un grand et solide bâton qui traînait par-là.

-- Je peux vous aider à trouver quels pieds appartiennent à qui, dit-il.

Il éleva le bâton et l'abattit avec force près de l'endroit où se trouvait l'enchevêtrement des pieds. Mais personne ne fut atteint, car plus aucun pied n'était là. Ils étaient tous sur la rive, chaque garçon ayant retrouvé sa propre paire !

-- Je suis bien content d'avoir pu vous aider, mes jeunes amis !

Riant sous cape, Nasreddin remit ses chaussures et

remonta sur son âne.
-- Appelez-moi la prochaine fois que vous perdrez vos pieds ou alors trouvez-vous d'autres sortes d'ennuis.

Attrapé
Quelqu'un se vantait de ne jamais se faire avoir. Nasreddin Hodja se prépara à lui jouer un tour. Il le rencontra un jour dans le bois et lui dit :
-- Attends-moi et tu verras qu'à mon retour je réussirai à t'avoir.
Il partit. Les heures s'écoulaient et l'autre l'attendait. Un ami commun passa par-là et lui demanda ce qu'il faisait planté là. Le vantard lui en donna la raison. L'ami s'esclaffa :
-- Idiot ! Tu n'as pas encore compris que Nasreddin Hodja t'a eu à présent !

Au hammam
Dans la douce tiédeur du *hammam*, Nasreddin se laisse aller une fois de plus à énoncer de profondes pensées:
-- Ah, mes amis! Plus je vais plus je me dis que la vie est une fontaine d'eau chaude...
--Très intéressant, fait son voisin après un long silence recueilli, qu'entends-tu au juste par là ?
-- Qu'est-ce que j'en sais, moi? Je ne suis pas philosophe!

L'avare
Nasreddin Hodja était l'hôte d'un collègue, réputé pour son avarice. Celui-ci n'en finissait plus de parler et ne l'invitait toujours pas à dîner. Quand il n'eut plus rien à dire, il demanda à Nasreddin :
-- Peut-être as-tu sommeil ou soif ?
Le pauvre Nasreddin, affamé, répondit :
-- En chemin je me suis endormi près d'une fontaine.

Avare ou généreux
Une riche personnalité du village donnait un grand banquet et Nasreddin Hodja n'y avait pas été invité. Il se présenta néanmoins au dîner, alla trouver l'hôte et lui dit :
-- Je suis juste venu te dire que certains, au village, racontent qu'il n'y a pas plus avare que toi.
-- Moi avare ! Si je l'étais, est-ce que je donnerais ce banquet ?
-- Me voilà rassuré, dit Nasreddin, les gens qui parlent ainsi ne sont que des mauvaises langues, jaloux de ta prospérité. Quant à moi, je n'ai jamais douté de ta générosité.
Et il alla tranquillement s'asseoir à une des tables.

Avis
Nasreddin Hodja et son fils partaient pour le marché, le père à pied, l'enfant sur l'âne. Ils rencontrèrent un passant qui dit au fils :
-- N'as-tu pas honte, toi sur l'âne et ton père à pied ?

Alors Nasreddin le fit descendre et enfourcha l'animal. Ils tombèrent sur un autre passant qui s'exclama :
-- On aura tout vu ! Le père grand et fort sur un âne et le pauvre gamin qui suit à pied !
Gêné, Nasreddin fit monter son fils avec lui. Ils croisèrent une troisième personne :
-- Quels sans-cœur ! Deux sur un pauvre bourricot !
Cette fois le mollah s'énerva :
-- Mon fils, pour satisfaire les gens, il ne nous reste plus qu'à prendre l'âne sur nos épaules.

Les babouches
Un jour, à la sortie de la mosquée, Nasreddine n'a pas trouvé ses chaussures, alors il a commencé à crier :
-- Wallahi ! si on me rend pas mes chaussures tout de suite, je ferai comme mon père. Tout de suite !!!
Le voleur entendant ça eut très peur, et rendit les chaussures à Nasreddine. Puis il lui demanda :
-- On a déjà volé les chaussures à ton père?
-- Oui!
-- Et qu'a-t'il fait?
-- Que voulais-tu qu'il fasse ? Il en a acheté d'autres, répondit Nasreddine.

La baignoire
Nasrudin avait acheté une baignoire et l'avait installée dans son jardin au bas duquel coulait une rivière. Un de

ses amis le trouva en train d'aller chercher frénétiquement de l'eau à la rivière pour remplir la baignoire qui, par ailleurs, n'étant pas bouchée, se vidait par le fond.

-- Nasrudin, ne vois-tu pas que la baignoire n'est pas bouchée et que l'eau s'écoule dans la poussière ? Pourquoi gâcher ainsi cette eau ?

-- C'est que je veux remplir la baignoire, dit Nasrudin, en continuant ses allées et venues frénétiques vers la rivière.

Bientôt, la baignoire déborda, car le hodja la remplissait plus vite qu'elle ne se vidait. Pourtant, ce dernier alla chercher un nouveau seau d'eau qu'il jeta dans la baignoire déjà pleine. Celle-ci déborda sur ses pieds et éclaboussa son ami.

-- Hé Nasrudin ? Ne vois-tu pas que la baignoire déborde et que je suis trempé par ta faute ?

-- Et toi, rends-toi compte ! Si je ne vois pas que l'eau s'écoule par le bas, comment pourrais-je voir que la baignoire déborde par le haut ?

Le barbier

Nasreddin Hodja était chez le barbier. Après l'avoir bien savonné, celui-ci le rasa avec un rasoir mal affûté.

Chaque coup de lame correspondait à une coupure. Sur chaque coupure le coiffeur mettait du coton pour arrêter le sang. La moitié du visage (si l'on pouvait encore l'appeler ainsi) de Nasreddin ressemblait à un champ de coton. Le coiffeur s'apprêtait à attaquer l'autre côté, quand notre

Hodja le stoppa, se leva et sur le seuil de la porte lui dit :
-- Si le coton pousse d'un côté, je vais semer l'orge et l'avoine ailleurs.
Puis il s'en alla.

La belle-mère
La belle-mère de Nasreddin Hodja, grincheuse, curieuse, avait de surcroît l'esprit de contradiction. Un jour qu'elle lavait du linge à la rivière, elle tomba à l'eau et disparut. Les témoins se précipitèrent chez Nasreddin :
-- Ta belle-mère s'est noyée, on ne la retrouve pas !
Il courut à la rivière et commença à remonter à contre-courant. Etonnés, les gens lui firent remarquer :
-- Où vas-tu ? Les eaux coulent vers le bas, tu te trompes !
Tranquillement Nasreddin répliqua :
-- On voit bien que vous ne la connaissez pas ! De son vivant, elle faisait le contraire de ce que tout le monde aurait fait logiquement !

Le bouillon
Nasreddin Hodja marchait le long d'une rivière quand il vit des oies qui s'y baignaient. Il eut envie d'en attraper. Il entra dans l'eau, mais elles se sauvèrent et il ne parvint même pas à en saisir une. Alors il s'assit sur la berge, sortit un morceau de pain, le trempa dans l'eau et le mangea.
Un passant qui avait assisté à la scène lui demanda ce qu'il faisait.

-- Que veux-tu, lui répondit Nasreddin, vu que je ne peux pas manger les oies, je me contente de leur bouillon.

Le bûcheron
En haut d'une piste de montagne, Nasreddin Hodja tirait son âne et soudain s'arrêta. La résonance d'une hache, la voix d'un homme et le tintement de clochettes d'âne lui dirent qu'il y avait de la compagnie, dans cet endroit solitaire. Bientôt il se heurta à un groupe de six ânes qui paissaient sur la lande verte. Sur les côtés étaient entassées des piles de bois coupé. Tout près, un homme musclé maniait une hache. Le bûcheron recula rapidement, alors qu'un arbre tombait.
-- Bravo, brave bûcheron ! acclama un second homme maigrichon, assis non loin de là. C'était un bel arbre, assez grand pour réchauffer toute une famille une bonne partie de l'hiver. A l'arbre suivant !
Sans regarder son compagnon confortablement assis, le bûcheron marcha vers un chêne, empoigna fermement le manche de sa hache et commença à cogner au-dessus des racines de l'arbre. Nasreddin Hodja était assis sur son âne, observant ce spectacle étrange : l'homme fort maniant la hache sans dire un mot tandis que l'homme assis ne cessait d'approuver, d'acclamer et de commenter. C'en était trop pour la curiosité de Nasreddin Hodja.
-- Pourquoi faites-vous tout ce bruit alors que c'est l'autre homme qui fait tout le travail ? demanda-t-il au petit

homme.

-- Oh ! Je l'aide, répliqua l'homme. Il a consenti à couper trente stères de bois pour Hassan Bey. Pensez quel travail pour un seul homme ! Je me suis associé à lui. Il manie la hache pendant que je l'encourage.

-- Je pense, dit Nasreddin, que ce sont les bras musclés du bûcheron qui lui donnent du courage et pas vos vociférations.

Une semaine plus tard, Nasreddin rencontra de nouveau les deux hommes alors qu'ils discutaient devant le juge.

-- J'ai gagné chaque livre moi-même, disait le bûcheron. J'ai coupé trente stères de bois pour Hassan Bey. J'ai chargé le bois sur les ânes et les ai conduits à la maison du Bey.

-- Il a oublié comment je l'ai encouragé, dit le petit homme. J'ai donc gagné une partie de cet argent qu'Hassan a fait l'erreur de remettre entièrement au bûcheron.

Le juge semblait impuissant à trancher, n'ayant jamais rencontré un cas similaire auparavant. Il fut soulagé de voir arriver Nasreddin Hodja.

—Je soumets ce cas à mon assistant Nasreddin Hodja Effendi, dit le juge. Répétez-lui votre histoire.

Ce qu'ils firent.

Nasreddin Hodja a écouté, hochant la tête sagement, jusqu'à ce que les deux hommes n'aient plus rien à dire. Alors il a appelé un commerçant d'une boutique voisine.

-- Apporte-moi un plateau, lui dit-il.

Le plateau apporté, la foule s'approcha pour voir ce qui allait arriver.
-- Donnez-moi l'argent qu'Hassan Bey vous a payé pour les trente stères, dit-il au bûcheron.
-- Mais c'est mon argent, plaida le bûcheron. J'ai travaillé dur pour chaque livre alors que cet homme était assis à l'ombre, en proférant des sons étranges.
Sur l'insistance de Nasreddin, à contrecœur, le bûcheron lui remit sa bourse. Nasreddin prit les pièces et une par une, les fit tinter sur le plateau. S'adressant à l'homme qui revendiquait sa part, il lui dit :
-- Les entends-tu ? Aimes-tu ce son ? N'est-ce pas un tintement joyeux ?
La dernière livre avait quitté la bourse du bûcheron et fit entendre son tintement sur le plateau.
-- As-tu bien entendu ? dit Nasreddin au petit homme. As-tu entendu chaque livre ?
Le petit homme acquiesça de la tête.
-- Alors tu as eu ton salaire, lui notifia Nasreddin. La sonorité de l'argent est la paie appropriée pour la sonorité du travail.
Nasreddin remit alors l'argent au bûcheron en lui disant :
-- Et l'argent est la paie appropriée pour le travail.

La caisse
Nasreddin Hodja, pleurant presque, dit un jour à ses amis :
-- Quand je serai mort, enterrez-moi dans une vieille caisse.

-- Pourquoi une vieille caisse ?
-- Parce que, quand les anges viendront me prendre, je pourrai leur dire : « voyez comme le cercueil est vieux, mon tour est passé depuis longtemps. »

Les casseroles
Un jour, par inadvertance, Nasreddin Hodja prit un lièvre. Il l'enferma dans un sac et dit à son fils :
-- Fais attention, ne l'ouvre pas. Quand je reviendrai, nous l'ouvrirons ensemble et ainsi nous saurons quel animal est à l'intérieur.
Le père parti, l'enfant, évidement, ouvrit le sac et le lièvre s'échappa. Craignant d'être puni, il remplit le sac de casseroles.
Nasreddin revint avec les notables du pays pour savoir de quel animal il s'agissait. Il ouvrit le sac, vit les casseroles, et sans se démonter, dit :
-- Mesdames et Messieurs, regardez bien, ça s'appelle des casseroles.

C'était la famine.
C'était une période de grande disette. Mais tout le monde ne mourait pas de faim pour autant : les riches avaient pris soin de faire d'amples réserves de blé, d'huile, de légumes secs et de viande séchée.
Khadija dit alors à son mari :
-- Nasr Eddin, toute la ville te tient pour un homme sage.

Ne reste pas les bras croisés ; va sur la place, rassemble tout le monde, et tente de convaincre les riches de donner à manger aux pauvres.

Nasr Eddin trouve pour une fois que sa femme a raison. Il fait comme elle dit, et deux heures après, rentre, la mine réjouie.

-- Ma femme, rendons grâce à Allah le Miséricordieux !
-- Ah ! Tu as donc réussi ?
-- Ce n'était pas une mission facile. Mais j'ai réussi. A moitié.
-- Comment cela, à moitié ?
-- Oui : j'ai réussi à convaincre les pauvres.

Le chameau fabuleux

Un jour *Tamerlan*, en bavardant avec Nasreddin Hodja, parlait de façon étrange, exagérant tellement que, dans ses propos, une puce était devenue un chameau. Nasreddin était très ennuyé. Finalement, il surenchérit, fit d'un chameau un animal énorme et fabuleux :

-- En vérité, j'ai eu beaucoup de chameaux auparavant. Mais je n'avais jamais vu un chameau tel celui que j'ai actuellement. Si je lui dis "marche", il le fait. Si je lui dis "vole", il le fait. Malheureusement, il ne peut ni lire ni écrire, comme mon fils !

Timour Leng était ébahi. Il lui dit :

-- Hodja, s'il te plaît, laisse-moi voir cette étrange créature !

Nasreddin demeura imperturbable et répondit :

-- Majesté, ces jours-ci, je lui enseigne les premiers rudiments de la prière. Si Dieu le veut, quand je reviendrai l'an prochain, il se mettra à genoux devant vous !

Tamerlan attendit le jour convenu avec impatience. Quand ce jour fut arrivé, Nasreddin dit :

—Seigneur, que vous dire ? Une fois qu'il a commencé à lire le Coran, cela lui a tellement plu qu'il a insisté pour le mémoriser dans sa totalité. L'année prochaine, s'il plaît à Dieu, quand il saura le Coran par cœur, vous apprécierez sa voix mélodieuse !

Tandis que Timour Leng attendait avec anxiété l'année suivante, la femme de Nasreddin et ses amis s'inquiétèrent pour sa vie

-- Nasreddin, tu es en train de jouer un jeu dangereux. Tamerlan ne croira pas éternellement à ton mensonge. Il est temps d'arrêter !

Ce à quoi Nasreddin répondit :

-- Attendons, pourquoi paniquer ainsi ? Il reste encore beaucoup de temps jusqu'à l'année prochaine. Le chameau peut mourir ou Tamerlan peut mourir ou moi-même je peux mourir.

Les chameaux

Nasreddin Hodja venait de voir un chameau pour la première fois. Durant la prière du vendredi, comme il était à court d'idées, il dit aux fidèles :

-- Remerciez Allah car il fait tout à la perfection. S'il avait donné des ailes aux chameaux, est-ce que vous imaginez cet animal venir se poser sur votre toit ?

Chasse à l'ours
Un jour Nasreddin Hodja fut invité à une partie de chasse à l'ours. Au retour, le soir, ses amis firent cercle autour de lui et lui demandèrent :
-- Combien d'ours as-tu tué ?
-- Je n'ai rien fait.
-- Mais Hodja, nous t'avons demandé combien d'ours tu as tué, pas ce que tu as fait.
-- Je n'ai rien fait.
Et les amis d'insister encore :
-- Mais Hodja, combien as-tu tué d'ours ?
Et le Hodja de répliquer :
-- Ne croyez-vous pas qu'il vaut mieux dire « Je n'ai rien fait », plutôt que « Je n'ai pas réussi à en tuer un » ?

Le chat a mangé la viande
Dans une autre circonstance, Nasr Eddin se rend chez le boucher, et lui demande deux *ocques* de filet de mouton. Le boucher les lui débite, et Nasr Eddin rapporte la viande à sa femme.
-- Avec cet excellent filet, lui commande-t-il, prépare-nous des brochettes aux épices, et n'oublie pas de bien les relever, comme je les aime !
Puis il s'en retourne au marché, où l'appellent ses occupations. Khadidja, à peine a-t-il le dos tourné, fait

cuire en toute hâte le filet et s'en régale avec une voisine, sans en laisser une bouchée.

Lorsque Nasr Eddin rentre, il sent le fumet délicieux du mouton grillé, et ses narines s'en dilatent de plaisir. Il se met à table, mais pour tout repas, sa femme lui sert une purée de pois chiches. Pas de trace du *kebab*, auquel il n'a cessé de penser toute la matinée.

-- Ô fille de l'oncle, ce *kebab*, est-ce pour aujourd'hui ou pour demain ? Je m'impatiente…

-- Par Allah, il est arrivé malheur au *kebab*. Nasr Eddin. Le chat l'a dévoré tout entier tandis que j'étais aux cabinets.

Nasr Eddin bondit sur ses pieds, se saisit du chat qui, comme d'habitude, somnole sur son coussin, et il le soupèse : deux *ocques* à peu près. Il se tourne alors vers son épouse :

-- Dis-moi, dévergondée, tu vas me résoudre cette énigme : si c'est le chat que je tiens, où est passée la viande ? Et si c'est la viande, où est passé le chat ?

Le chaudron

Nasreddin Hodja eut besoin d'un chaudron qu'il emprunta à un voisin. Puis il rapporta le chaudron avec une petite marmite.

-- Ton chaudron a enfanté, lui dit Nasreddin.

Un peu plus tard, Nasreddin redemanda le chaudron qui lui fut prêté bien volontiers. Ne voyant pas son ustensile revenir, le propriétaire décida d'aller le réclamer.

-- Ton chaudron ? Mon pauvre ami, je n'avais pas le courage de te le dire. Ton chaudron est mort !
-- Mort ? Mais, Hodja, a-t-on jamais vu mourir un chaudron ?
-- Tu as bien cru qu'il avait enfanté, pourquoi ne crois-tu pas à sa mort ?

Les chaussures
Des gamins voulaient jouer un tour à Nasreddin Hodja, en lui prenant ses chaussures. Ils pensèrent le faire grimper à un arbre. Ainsi il aurait retiré ses chaussures et ils se seraient vite enfuis avec.
Ils attendaient au pied de l'arbre, quand ils le virent arriver. Ils regardaient fixement la cime. Nasreddin leur en demanda la raison.
-- Il est si haut, répondirent-ils, que même toi tu n'arriverais pas à l'atteindre !
Blessé dans son amour-propre, il décida de monter. Il ôta ses chaussures, mais remarquant leurs visages moqueurs, il les attacha à sa ceinture.
-- Mais, Hodja, pourquoi prends-tu tes chaussures ? Laisse-les ici.
-- On ne sait jamais, leur dit-il, si jamais là-haut il y avait un autre chemin, comment ferais-je sans mes chaussures ?

Le chinois
Nasreddin Hodja prétend qu'il a jadis fait un voyage en

Chine et que, là-bas, il a appris le chinois. Quelqu'un, qui devait s'y rendre prochainement pour affaires, lui demanda de lui enseigner quelques mots courants.
-- Par exemple, dit-il, comment dit-on "éléphant" ?
-- Pourquoi choisir un mot qui ne te servira à rien ? Ils n'ont pas d'éléphants.
-- Alors, comment dire "moustique" ?
-- Eléphant, moustique, tu as le sens de la démesure ! L'animal que tu choisis est soit trop grand, soit trop petit. Là-bas, on n'aime pas beaucoup les gens qui n'ont pas le sens de la mesure. Tu ne pourrais pas choisir un animal de taille raisonnable ?
-- Alors, si je veux acheter un veau, comment dire ?
-- Quand j'ai quitté la Chine, les veaux venaient juste de naître. Ils n'ont pas eu le temps de leur donner un nom.

La cigogne
Nasreddin Hodja avait attrapé une cigogne. Il la ramena chez lui mais la forme de l'oiseau lui déplut. Avec un couteau, il commença à lui raccourcir le bec, les pattes et la queue. Satisfait du résultat, il dit :
-- Maintenant tu ressembles à un oiseau.

Cinq pièces
Nasreddin Hodja rencontra un commerçant à qui il devait de l'argent.
-- Hodja, n'as-tu pas honte ? Pourquoi ne me paies-tu pas ?
-- Combien te dois-je ?

-- Cinquante-cinq pièces d'argent.
-- Et si je t'en donne vingt-cinq demain ?
-- Bien.
-- Et si je t'en donne encore vingt-cinq après demain, combien t'en devrai-je encore ?
-- Cinq pièces.
-- Et tu fais toute une histoire pour cinq pièces ! Quelle mesquinerie !

Les citrouilles

Nasreddin Hodja, fatigué, décida de se reposer à l'ombre d'un noyer qui se trouvait au milieu d'un champ de citrouilles. Levant la tête, il constata que sur un arbre si grand, il y avait de tous petits fruits. Regardant autour de lui, il vit que de toutes petites tiges portaient des citrouilles énormes. Il trouva cela bien étrange et s'endormit. Il fut réveillé par une noix qui lui tomba sur la tête.
-- Dieu fait bien les choses, se dit-il. Si les citrouilles avaient été sur l'arbre, ma pauvre tête !

Le clou

Ayant besoin d'argent, Nasreddin Hodja se décida à vendre sa maison. Il passa un accord avec l'acheteur à qui il dit :
-- Je te vends tout, sauf ce clou.
L'acheteur accepta. Le lendemain de la vente, Nasreddin revint dans son ancienne maison et dit à l'acheteur :

-- Je dois accrocher quelque chose à mon clou.
Et il y accroche un sarouel sale. L'acheteur n'est pas content mais il ne dit rien. Le jour d'après, notre mollah vint déposer une carcasse de mouton. Face aux protestations de l'acheteur, Nasreddin répond :
-- C'est mon clou. Je peux y mettre ce que je veux.
Et il en fut ainsi tous les jours.
La maison était devenue une vraie puanteur. Excédé, l'acheteur dit à Nasreddin :
-- Il nous faut trouver une solution, je n'en peux plus.
Ce à quoi le hodja répondit :
-- Si tu veux, je te rachète la maison à moitié prix.
Et c'est ainsi que Nasreddin récupéra sa maison.

Le cocher
Nasreddin Hodja rentre chez lui, contrarié par une mauvaise journée. Et pour une bagatelle, le voilà qui se dispute avec sa femme :
-- J'en ai assez, je m'en vais, je quitte la maison !
Affolée et désemparée, sa femme lui court après en demandant :
-- Où vas-tu ? Dis-moi au moins où tu vas aller…
Nasreddin Hodja claque la porte sans répondre et s'en va. Une fois dehors, il arrête une calèche qui arrivait et s'installe sans rien dire.
-- Bonjour, Nasreddin, où veux-tu aller ? lui demanda le cocher.

-- Comment ça, où je veux aller ? Je ne l'ai pas dit à ma femme et tu veux que je te le dise à toi !

Combien d'ânes

Nasreddin Hodja revenait du moulin, les sacoches de ses ânes pleines de froment fraîchement moulu.

-- Je leur montrerai, se disait-il, en riant sous cape. Ils n'ont pas arrêté de m'abreuver de conseils sur les soins à prendre de leurs ânes et de leur blé. Comme si je ne connaissais pas sur les ânes plus que n'importe qui à Aksehir !

Il suivait le ruisseau qui parcourait la vallée partant du moulin. Arrivé au sommet de la colline avant d'arriver en ville, où les propriétaires attendaient leurs neuf ânes, il se mit à les compter. Surpris, il n'en trouva que huit. Sautant de son âne, il chercha partout, mais aucun âne manquant n'était visible à l'horizon. Il recompta à nouveau et en trouva, cette fois-ci, neuf. Enfourchant son âne, il repartit et compta de nouveau ses ânes :

-- Un, deux, trois …

Jusqu'à huit. Pas de neuvième âne en vue ! Il chercha derrière tous les arbres, derrière les rochers, pas l'ombre d'un âne. De nouveau il compta, debout auprès de ses ânes. Il y en avait neuf. Perdait-il ses esprits ou bien ses ânes étaient-ils ensorcelés ? Ou alors était-ce l'alcool qu'il avait ingurgité qui lui jouait des tours ?

Il eut la chance de rencontrer un ami sur sa route.

-- Oh Ahmed Effendi ! Avez-vous vu un de mes ânes ? Je

l'ai perdu et puis je ne l'ai pas perdu.
-- Que voulez-vous dire Nasreddin Hodja ? demanda Ahmed.
-- J'ai quitté le moulin avec neuf ânes, expliqua Nasreddin. Sur une partie de mon chemin il y en avait effectivement neuf et sur une autre partie il n'y en avait plus que huit !
Ahmed, bien qu'accoutumé au comportement étrange de Nasreddin, fut surpris. Il compta alors les ânes et en trouva neuf.
-- Montrez-moi comment vous avez compté vos ânes, dit-il à Nasreddin.
-- Un, deux, trois…commença ce dernier, comptant jusqu'à huit.
S'arrêtant à ce dernier nombre, il regarda son ami impuissant et terrifié, ce qui amusa Ahmed et le fit rire aux éclats.
-- Qu'y a t-il donc de risible ? demanda Nasreddin.
-- Ho! Hodja! Quand vous comptez vos ânes, pourquoi ne comptez-vous pas aussi celui sur lequel vous êtes monté ? Moi j'en vois même dix !

Combien de pattes
-- Combien de pattes possède un âne ? demanda un passant à Nasreddin Hodja.
Ce dernier descendit de son âne et compta, un par un, les membres de l'animal :
-- Quatre, dit-il.

-- Quoi ? dit le passant. Tu ne sais même pas le nombre de pattes de ton âne, au point de devoir les compter ?
-- Bien sûr que je le sais ! répondit Nasreddin. Mais, la dernière fois que je les ai comptées, c'était cette nuit et il y en avait quatre. Je voulais juste m'assurer que rien n'avait changé.

Comment lisent les ânes
Dans une conversation avec Tamerlan, Nasreddin Hodja commença à vanter les mérites de son âne :
-- Il est tellement intelligent que je peux tout lui apprendre, même à lire.
-- Va et apprends-lui à lire, dit Tamerlan. Je te donne trois mois pour cela.
De retour chez lui, il commença l'apprentissage avec son âne. Il mit sa nourriture habituelle entre les pages d'un gros livre et lui apprit à tourner les pages avec sa langue pour trouver la nourriture. Il cessa de le nourrir trois jours avant le terme des trois mois fixé par Tamerlan.
Emmenant l'animal à Timour Leng, il lui demanda un gros livre et le posa devant l'âne affamé. Ce dernier entreprit de tourner les pages avec sa langue et, ne trouvant rien, se mit à braire.
-- C'est sûrement une étrange manière de lire, dit Tamerlan.
-- Oui, rétorqua Nasreddin, c'est ainsi que lisent les ânes.

Le commerçant
Nasreddin Hodja entre dans un bazar où l'on vend de tout et demande au commerçant :
-- Vends-tu des planches ?
-- Oui, j'en vends.
-- Vends-tu des clous ?
-- Oui, j'en vends aussi
-- As-tu des scies ?
-- Oui, j'en ai.
-- As-tu des rabots ?
-- Oui, j'en ai aussi.
-- Alors, demanda Hodja, comment se fait-il qu'avec tout ça tu ne sois pas menuisier !

Le conseil
-- Quelle est la chose la plus précieuse au monde ? demandent ses amis au Hodja.
-- C'est facile ! Un conseil d'ami n'a pas de prix, répond Nasreddin.
-- Et la chose qui a le moins de valeur ?
-- C'est aussi un conseil d'ami, répond-il à nouveau.
Voyant ses amis étonnés, il ajoute l'explication suivante :
-- Le conseil d'un ami peut s'avérer sans prix s'il est suivi. Par contre, il est sans valeur si on n'en tient pas compte.

Conseils d'ami
Un jour Nasreddin Hodja cueillit des coings dans son

verger et les mit dans un panier pour les offrir à Timour Leng. En chemin, il rencontra un ami qui lui demanda où il portait ses coings.
-- C'est pour Tamerlan., lui répondit-il.
L'ami le lui déconseilla en précisant que Timour Leng n'aimait pas les coings. Nasreddin écouta le conseil.
Il se rendit donc au marché, acheta de belles figues et les offrit à Tamerlan. Celui-ci prit une figue et la mangea, puis il en prit une seconde et l'écrasa sur la face du Hodja. Et ainsi fit-il avec les autres figues : une dans la bouche et la suivante sur la face de Nasreddin.
Après chaque figue écrasée sur sa figure, le Hodja ouvrait les mains vers le ciel en disant :
-- Majesté, comment ne pas remercier Allah qui m'a fait rencontrer mon ami ! Si je ne l'avais pas écouté et avais porté les coings à votre Majesté, dans quel état serait ma figure, à présent ?

Continue

Nasreddin Hodja était dans un cimetière, quand il aperçut un chien qui faisait ses besoins. Il prit un bâton et essaya de frapper l'animal. Mais celui-ci commença à grogner et s'apprêtait à le mordre. Se voyant mal parti, Nasreddin jeta le bâton puis faisant une révérence, dit :
-- Continue, mon ami, continue.

Conversation

Nasreddin Hodja, rencontrant quelqu'un dans la rue, se mit à lui parler longuement. Alors qu'il prenait congé de son interlocuteur, il lui demanda :
-- Mais qui es-tu ?
L'autre, surpris :
-- Si tu ne me connais pas, pourquoi as-tu parlé aussi longtemps avec moi ?
Et Nasreddin :
-- Ton turban est le même que le mien, ton habit pareil au mien, ta barbe semblable à la mienne. J'ai cru que j'étais la personne que j'ai rencontrée et je voulais avoir une petite conversation avec moi-même.

La conversation avec le Sultan
Cela fait un bon mois que Nasr Eddin est parti pour la capitale. Il rentre enfin chez lui, et l'on se presse pour l'interroger : qu'a-t-il vu ? Qu'a-t-il fait ?… Il doit avoir tant de merveilles à raconter !
-- Laissez-moi d'abord vous annoncer la nouvelle la plus importante, laisse-t-il tomber du haut de son âne : le sultan m'a parlé.
-- Comment ? Le sultan t'a parlé, à toi Nasr Eddin, personnellement !
-- C'est comme je vous le dis : le sultan en personne, à moi Nasr Eddin.
Une ovation s'élève alors de la foule :
-- Gloire à Nasr Eddin, gloire à notre Hodja ! Le sultan lui a

parlé ! Le sultan lui a parlé !

La nouvelle se répand comme une traînée de poudre : le sultan a parlé à Nasr Eddin qui n'aura pas manqué de lui parler à son tour de sa petite patrie. La renommée d'Akséhir est faite, les bienfaits vont affluer, toutes sortes de franchises et de subsides.

Une fête est organisée, une grande fête où l'on égorge plus de moutons qu'on n'en consomme d'ordinaire en une année entière. Au milieu des réjouissances, un enfant s'approche de Nasr Eddin et, le tirant à l'écart, lui pose la question :

-- Que t'a dit le sultan, Nasr Eddin, quand il t'a parlé ? Raconte-moi…

-- Je l'ai vu sortir de son palais, entouré de ses gardes. Alors, j'ai couru, j'ai écarté les soldats sans même leur laisser le temps de réagir, et je me suis retrouvé face à lui, tout près, comme nous deux, là, maintenant.

-- Ah bon ! Et c'est là qu'il t'a parlé ?

-- Oui, c'est à ce moment-là.

-- Et que t'a-t-il dit ?

-- " Ôte-toi de là, misérable ! "

Le coq

Nasreddin Hodja transportait à *Sivrihisar* quelques poules et un cop enfermés dans un panier. Les pauvres bêtes souffraient de la chaleur et de l'inconfort. Il décida de les libérer. Naturellement, une fois dehors, les poules et le coq

s'égaillèrent de tous côtés. Nasreddin prit alors un bâton et, poursuivant le coq l'invectiva :
-- Espèce d'idiot ! Toi qui es capable avec ton cocorico d'indiquer sans te tromper l'heure de l'aube, tu ne connais même pas la route de *Sivrihisar* !

Le corbeau
Un jour Nasreddin Hodja était monté en haut du *minaret* pour appeler les fidèles à la prière. Soudain, un corbeau au-dessus de lui fit une tache sur l'épaule de son habit. Alors le Hodja, calmement mais tout de même en colère, s'adressa au corbeau :
-- Si tu es un bon musulman, tu ne dois pas faire ça à celui qui invite les musulmans à la prière. Et si tu ne l'es pas, pourquoi viens-tu voler autour du minaret ?

La courroie
Nasreddin Hodja avait attaché son bœuf à la charrue. La terre était très sèche et difficile à retourner. La pauvre bête y mettait toute sa force quand soudain la courroie céda.
Embarrassé, Nasreddin ôta son turban, le déroula et s'en servit pour remplacer la courroie. Naturellement, au premier mouvement, il se déchira. S'adressant au turban, il lui dit :
-- Tu te rends compte de ce qu'endure une courroie ?

Cours !

Nasreddin Hodja avait ramassé un peu de bois et l'avait chargé sur son âne. Arrivé chez lui, il se dit :
-- Et si j'allumais le bois pour voir s'il est bon ?
Aussitôt dit, aussitôt fait, il mit le feu au bois qui était encore sur l'âne. Le feu prit immédiatement. L'âne effrayé par les flammes qui commençaient à lui cuire le dos, se mit à courir.
Alors Nasreddin lui cria :
-- Si tu es intelligent, cours vite au lac !

La couverture
Une nuit, Nasreddin Hodja fut réveillé par le bruit d'une dispute dans la rue :
-- Femme, allume la bougie, je vais voir ce qui se passe.
-- Ne t'en mêle pas, lui recommanda-t-elle.
Mais lui, jetant une couverture sur ses épaules, sortit. Il s'adressa à ceux qui se querellaient :
-- Que se passe-t-il ?
Avant qu'il ait pu comprendre ce qui lui arrivait, l'un d'eux s'empara de la couverture et s'enfuit. Comme par enchantement, la dispute cessa.
Nasreddin, frigorifié, rentra chez lui et dit à sa femme :
-- Tout ceci visait notre couverture. La couverture partie, finie la dispute.

Crainte
Une nuit, Nasreddin Hodja et sa femme furent réveillés

par des voleurs qui avaient pénétré dans la pièce en dessous de la chambre à coucher. Tous deux retenaient leur souffle et entendaient les voleurs échanger leurs idées :
-- Tout le monde dort profondément. On emporterait la maison qu'ils ne s'en apercevraient pas. Profitons de l'occasion.
A peine avaient-ils fini de parler que le veau se fit entendre dans l'écurie. A ce bruit un voleur déclara :
-- Quand nous auront dévalisé la maison, on emportera le veau, on égorgera Nasreddin et nous prendrons sa femme avec nous sur la montagne où on mangera le veau.
En entendant ces mots, Nasreddin se mit à tousser. Les voleurs l'entendirent, et de peur d'être découverts, ils s'enfuirent aussitôt. Après avoir repris un peu de courage, la femme taquina son mari :
-- Je crois que tu as toussé parce que tu avais peur, n'est-ce pas ?
Nasreddin, à peine remis de ses émotions répondit :
-- C'est vrai, femme…Mais toi tu n'avais rien à craindre, c'est à moi et au veau que tout serait arrivé !

La cuisse manquante
Nasreddin Hodja marchait à grands pas par les rues d'Aksehir, une main saisissant fermement l'oie rôtie mise sous son bras, l'autre main pinçant son propre nez pour le tenir hermétiquement serré. Il n'avait aucune confiance en

lui et ne voulait pas prendre le risque de voir l'arôme de la volaille rôtie le tenter. L'oie était un présent pour Timour Leng et devait arriver entière à son destinataire.

Une mouche se posa sur le front de Nasreddin. Il ôta la main de son nez, juste le temps de chasser la mouche, mais l'arôme suave de l'oie rôtie envahit ses narines. Il se souvint qu'il y avait longtemps qu'il n'en avait pas goûté. Après tout, il y avait beaucoup à manger au palais de Tamerlan. Ce dernier ne serait donc pas privé, s'il ne manquait qu'un tout petit bout d'oie, une cuisse bien dodue, par exemple.

Tout en grignotant un morceau de la volaille, il ne pouvait pas s'empêcher de se demander ce que Timour penserait d'une oie rôtie avec une seule cuisse. Peu importe, il s'en inquiéterait le moment venu. La succulente cuisse qu'il était en train de déguster valait bien n'importe quel ennui ultérieur. Nasreddin trouva Tamerlan tout à fait de bonne humeur et heureux d'avoir de la compagnie. Il sembla reconnaissant de recevoir une oie aussi succulente, comme si les gigantesques étagères de son garde-manger étaient vides. Il tourna l'oie à plusieurs reprises, pour mieux admirer ses rondeurs.

-- Quelle cuisinière que ta Khadija ! s'exclama Timour Leng. Personne, dans mes cuisines, ne peut rôtir une oie avec une telle perfection !

-- Oui, acquiesça Nasreddin, Khadija est effectivement une excellente cuisinière.

Il disserta longuement sur les *pilafs* de Khadija, les potages de Khadija, les *dolmas* de Khadija, les *baklavas* de Khadija. Il parlait rapidement, espérant que Tamerlan ne remarquerait pas l'absence de la cuisse.
-- C'est étrange, très étrange ! dit Tamerlan en regardant attentivement l'oie. Cette oie n'a qu'une seule cuisse.
-- Pour sûr ! répliqua Nasreddin, à combien de cuisses vous attendiez-vous ?
-- Deux, bien sûr !
-- Deux cuisses ? rétorqua Nasreddin. Pas à Aksehir. Dans d'autres villes, elles peuvent avoir deux cuisses ou trois ou même quatre, mais celles d'Aksehir sont célèbres pour être unijambistes.
-- Comment peux-tu me mentir ainsi ?
Timour Leng se leva, sa bonne humeur ayant disparu comme la cuisse de l'oie.
-- Tu sais aussi bien que moi ce qui est arrivé à l'autre cuisse. Les oies unijambistes d'Aksehir, vraiment !
-- Bien, si vous ne me croyez-pas, venez constater par vous-même.
Nasreddin le dirigea vers la fenêtre.
-- Voyez les célèbres oies unijambistes d'Aksehir près de votre propre fontaine.
Tamerlan regarda dans la direction indiquée par Nasreddin. Près de la fontaine — pouvait-il vraiment le croire ? - il vit une douzaine de grandes oies blanches dormir au soleil, chacune fermement perchée sur un seul

pied.

-- Combien de pattes voyez-vous ? demanda Nasreddin. Je compte douze oies et douze pieds. Pouvez-vous en compter plus ?

-- Non ! avoua Tamerlan.

Bien que perplexe, il n'avait jamais remarqué cela auparavant. Il était trop préoccupé par les guerres et les affaires de gouvernement pour remarquer les oies.

-- Les oies de mon village d'enfance en Asie avaient bien deux pattes chacune, j'en suis sûr.

-- C'est parfaitement possible ! concéda Nasreddin. Mais nous ne sommes pas dans votre village d'enfance. Ici, c'est Aksehir, le siège des oies unijambistes.

Cependant inquiet, Nasreddin s'apprêtait à partir. Juste à ce moment, un chameau qui dormait près de la fontaine se releva et poussa des cris rauques et perçants. Les douze oies se réveillèrent de leur torpeur, chacune dépliant le pied mis sous son aile. Avec une grande agitation, elles se dispersèrent, chacune courant sur ses deux pattes. Au moment où Timour Leng reprenait ses esprits, Nasreddin était déjà en bas dans la cour, au-dessous de sa fenêtre. Tamerlan se mit à la fenêtre et appela Nasreddin. Mais ce dernier, sans comprendre ce que Tamerlan lui disait, avait déjà préparé sa réponse.

-- Majesté, cria-t-il, juste avant que la porte de palais ne s'ouvre pour le laisser passer, si vous ou moi avions eu les oreilles envahies par un tel raffut, alors que nous étions endormis, ne pensez-vous pas qu'il nous serait poussé au moins quatre pieds !

Demande à moi
La femme de Nasreddin Hodja mourut. A la fin de la cérémonie funèbre, l'*imam*, selon la coutume, demande à l'assistance :
-- Comment était la défunte ?
Et tous de répondre :
-- Elle était bonne.
Nasreddin se précipita vers l'*imam* en disant :
-- Mais est-ce à eux ou à moi que tu dois demander comment était ma femme ?

Demandez à mon âne
Nasreddin Hodja rentrait au village précédé de son âne. Tout soudain, l'animal se mit à courir à toute vitesse. Pour ne pas perdre l'âne et son chargement, Nasreddin se rua à sa poursuite.
Naturellement, la distance entre eux augmentait, et des passants qui n'avaient pas vu l'âne, mais Nasreddin seulement, demandèrent :
-- Où cours-tu ainsi comme un fou ?
Et Nasreddin, courant toujours :
-- Ne me le demandez pas. Demandez plutôt à mon âne !

La demi-douzaine

Allant au marché chercher des œufs pour le compte de sa femme, Nasreddin Hodja en ramena un.
- Comment ? lui dit sa femme. Que veux-tu que je fasse d'un seul œuf ! Il m'en faut une demi-douzaine ! Pourquoi fais-tu toujours les choses au compte-gouttes ?
Il retourna au marché et ramena cinq autres œufs. Mais, quelque temps après, sa femme tomba malade et était mal en point.
-- Cours vite me chercher un médecin, lui dit-elle.
Ce qu'il fit illico. Il arriva avec plusieurs personnes et dit à sa femme :
-- Cette fois, tu n'auras pas de reproches à me faire car j'ai suivi ton conseil et je t'ai ramené la demi-douzaine : avec le médecin, voici le pharmacien, le commerçant du bazar qui t'a apporté une bouillotte pour te tenir chaud, le marchand de bois pour nous permettre de faire un bon feu dans la cheminée, l'*imam* qui va prier pour ta guérison et, il y a même le croque-mort, on ne sait jamais !

De toute façon
Nasreddin Hodja se promenait à dos d'âne dans le village. Tout à coup, l'animal, on ne sut pourquoi, prit peur, s'emporta et jeta Nasreddin à terre.
Des gamins qui avaient assisté à la scène se moquèrent de lui. Hodja se leva promptement et dit :
-- Il n'y a pas là de quoi rire ! Je serais descendu tout de même.

La dette d'un rêve
Nasreddin Hodja était devenu *Cadi*. Un homme qui en tirait un autre se présenta devant lui :
-- Je viens me plaindre de cet homme. J'ai rêvé lui avoir donné de l'argent et à présent que je lui demande de me rembourser, il ne veut pas.
-- Combien lui avais-tu donné ?
-- Dix pièces d'argent.
Nasreddin, se tournant vers l'accusé :
-- Donne-moi tout de suite cet argent.
L'homme protesta mais devant la fermeté du Cadi, il finit par sortir les pièces et les lui donna. Alors Nasreddin se fit apporter un miroir et dit :
-- Vois-tu les dix pièces dans le miroir ? Prends-les de ce miroir et donne-les à celui qui t'accuse. Voilà comment se paie la dette d'un rêve.

Devinette
Un ami, cachant un œuf dans sa main, s'adressa au jeune Nasreddin Hodja :
-- Si tu me dis ce que je tiens dans la main, je te le donne.
-- Aide-moi un peu, dit Nasreddin.
-- C'est blanc dehors et jaune dedans.
-- J'ai compris ! Ce sont des feuilles de chou et une carotte au milieu !

La différence

Deux paysans se disputaient pour des questions de terrain. L'un d'eux donna de l'argent au Hodja pour qu'il témoigne en sa faveur. Nasreddin accepta et finalement tous se retrouvèrent devant le *Cadi*. Le premier paysan accusa :
-- Dans cette affaire d'orge…
Hodja lui coupa la parole et s'adressa au *Cadi* :
-- Oui, dans cette affaire d'avoine…
Le *Cadi*, brutalement sévère :
-- Décidez-vous. C'est de l'orge ou de l'avoine ?
Hodja comprit tout de suite comment l'affaire allait tourner, et s'empressa d'ajouter :
-- Quelle différence y a-t-il entre l'orge et l'avoine, alors que cette affaire n'est que mensonge depuis le début ?

Don du ciel

-- J'ai besoin d'argent ! dit Nasreddin Hodja en adressant une prière à *Allah*. J'ai besoin de mille livres.
Hassan Bey, le riche marchand dont la cour était contiguë à celle de Nasreddin, regardait du haut de sa fenêtre. Il pouvait voir Nasreddin à genoux sur un tapis de prière défraîchi, et murmurant inlassablement sa prière.
-- Oh *Allah* ! J'ai besoin d'argent. De beaucoup d'argent. J'ai besoin de mille livres. Huit cents livres ne seraient pas suffisantes, ni neuf cents, ni même neuf cent quatre-vingt-dix-neuf. Je dois avoir très exactement mille livres. Je ne

pourrais pas accepter une somme inférieure. Oh *Allah* ! Envoyez-moi mille livres le plus tôt possible.

Hassan Bey, écoutant depuis sa fenêtre ouverte, sourit comme il aurait souri à un enfant priant pour un morceau de loukoum. Il sourit à l'idée de cette étrange prière de Nasreddin Hodja. Il est temps, se dit-il, d'apprendre au vieux Hodja de ne pas prier *Allah* pour que ses prières se réalisent.

Il riait encore alors qu'un plan s'échafaudait dans son esprit. Quittant son poste d'observation, Hassan Bey retourna hâtivement à l'intérieur de sa chambre, où était caché son argent. Il compta et recompta neuf cent quatre-vingt-dix-neuf livres, mit l'argent dans un sac, l'attacha solidement et retourna silencieusement à la fenêtre ouverte. Il jeta le sac d'argent qui atterrit sur les pavés de la cour de Nasreddin. Sans attendre de remercier *Allah*, Nasreddin commença à compter l'argent. Il le compta à plusieurs reprises. La pile ne contenait que neuf cent quatre-vingt-dix-neuf pièces. Hassan Bey et sa femme, regardant par le treillage de la fenêtre, sans être vus, se retenaient pour ne pas rire.

-- Laissons-le compter encore une fois, chuchota Hassan Bey à sa femme. Alors je lui expliquerai la plaisanterie. Il rira aussi franchement que nous.

Mais Hassan Bey avait trop attendu. Nasreddin ne compta pas les pièces de nouveau. Au lieu de cela, il les remit dans le sac qu'il lia solidement pour le mettre dans sa large ceinture. Alors il s'est agenouillé sur le tapis de prière.

-- Oh *Allah* ! pria Nasreddin. Vous n'avez pas correctement compté les livres. Vous me devez encore une livre. Envoyez-la-moi à votre convenance. Et mille remerciements pour les neuf cent quatre-vingt-dix-neuf livres que vous m'avez envoyées.

Si ce n'était le treillage, Hassan Bey aurait sauté par la fenêtre sans se donner la peine de prendre l'escalier. En peu de temps, il fut à la porte de Nasreddin.

-- Rends-moi ma bourse. Rends-moi mes neuf cent quatre-vingt-dix-neuf livres !

-- Vos neuf cent quatre-vingt-dix-neuf livres ?

-- Oui, Je les ai jetées par la fenêtre, juste pour te faire une plaisanterie. Tu as dit que tu n'acceptais pas moins de mille livres.

-- Ah non ! La bourse était un cadeau de Dieu. Elle est tombée directement du ciel en réponse à ma prière.

-- Je te traînerai en justice, dit Hassan Bey. Nous verrons si elle est tombée du ciel ou de ma fenêtre !

Nasreddin Hodja acquiesça.

-- Mon burnous ! dit Nasreddin.

Khadija était en train de le raccommoder.

—Je ne peux pas aller devant les tribunaux sans mon burnous.

-- Je te prêterai un burnous, dit Hassan Bey.

-- Et mon âne ! Il boite et ne peut faire une si longue distance !

-- Je te prêterai un cheval, dit Hassan.
-- Mais, il me faut une selle et une bride ! Celles de mon petit âne n'iront jamais à votre grand cheval.
-- Je te prêterai aussi une selle et une bride.
Nasreddin roula son tapis de prière et le rangea. Il dit au revoir à sa femme et suivit Hassan Bey. En arrivant à la cour, Hassan Bey ne perdit pas de temps pour relater son affaire au juge.
-- Bien, Nasreddin, dit le juge, Avez-vous quelque chose à dire ?
-- Pauvre Hassan Bey, soupira Nasreddin, avec une voix vibrante de compassion. Comme c'est triste ! Comme c'est très triste ! C'était un si bon voisin et si respecté de tous ! Quand on pense qu'il a perdu la raison !
-- Que voulez-vous dire ? dit le juge
Nasreddin se rapprocha du juge et lui chuchota d'une voix que l'on pouvait entendre partout dans la pièce :
-- Il pense que tout lui appartient. Vous avez entendu son histoire à propos de mon argent. Demandez-lui quelque chose d'autre et il vous dira que c'est à lui. Demandez-lui, par exemple, à qui est le burnous que j'ai sur le dos.
-- C'est mon burnous, bien sûr, a hurlé le marchand. Nasreddin Hodja sait bien que c'est le mien.
Nasreddin secoua la tête tristement.
-- Essayez quelque chose d'autre. Demandez-lui, par exemple, à qui est la selle qui est sur mon cheval gris.
-- C'est ma selle, bien sûr et c'est ma bride aussi, cria

Hassan Bey. Nasreddin Hodja le sait !
-- Vous voyez comment il est, dit Nasreddin avec un soupir de pitié. Pauvre homme ! Il est si fou qu'il pourrait même revendiquer mon cheval gris.
-- Bien sûr que je revendique le cheval, cria le marchand.
-- C'est un cas étrange, un triste cas, dit le juge pensivement.
Il n'était pas facile de condamner l'homme le plus riche de tout Aksehir.
-- J'ai cru Hassan Bey quand il m'a dit avoir jeté une bourse pleine d'argent à Nasreddin Hodja. Maintenant, je vois les choses différemment. Quand il revendique la possession du cheval de Nasreddin Hodja, de son burnous, de la selle et de la bride, il démontre que son esprit est dérangé. Hassan Bey, je suggère que vous alliez chez vous et preniez un long repos. Vous avez travaillé trop durement, j'en suis sûr. Nasreddin Hodja, vous pouvez garder votre bourse et tous les biens que votre voisin malheureux essaye de revendiquer.
Les deux hommes rentrèrent en silence par les rues d'Aksehir. Le marchand alla devant sa porte et s'apprêta à la fermer. À sa surprise, il fut suivi par Nasreddin.
-- Voici votre argent, lui dit Nasreddin, remettant la bourse au marchand étonné, et votre burnous, et votre cheval avec sa selle et sa bride.
-- Je vais revenir à la cour pour dire au juge que tout ceci n'était qu'une plaisanterie, dit Hassan Bey, qui ajouta pour

Nasreddin :
-- Reprends mon cheval.
-- Oh non ! dit le Hodja. Mon âne ne boite sûrement plus et Khadija a probablement réparé mon burnous.

Dors maintenant
Nasreddin Hodja avait une dette envers son voisin d'en face. L'échéance était arrivée mais il n'avait pas l'argent. Ce soir-là il se mit au lit. Mais comment s'endormir quand on doit donner cent pièces d'or qu'on n'a pas ?
Sa femme, le voyant si agité, lui en demanda la cause.
-- Ne t'en fais pas, je m'en occupe, lui dit-elle.
Elle alla à la fenêtre et appela le voisin :
-- Mon mari te doit cent pièces d'or pour demain matin ?
-- Oui.
-- Sache qu'il ne pourra pas te les rendre demain.
Puis elle referma la fenêtre, et se tournant vers Nasreddin :
-- Et maintenant, dors tranquille. C'est lui qui ne dormira plus.

Double
Une des épouses de Nasreddin Hodja louchait. Un soir, en montrant la bouteille d'eau posée sur la commode, elle dit à son mari :
-- Donne-moi s'il te plaît une des deux bouteilles.

-- Femme, j'accepte que tu voies deux bouteilles au lieu d'une. Mais je ne voudrais pas que tu voies deux hommes dans ton lit au lieu d'un.

D'où vient le son

Un voyageur, qui avait entendu parler de la sagesse de Nasreddine Hodja, vint un jour pour le défier. Il demanda un seau d'eau et du charbon. Il fit du feu, chauffa le charbon, puis jeta la braise dans l'eau ; on entendit un « pschiiitt ».
-- Le son « pschiiitt » qu'on entend, vient-il de la braise ou bien de l'eau ?
Nasreddine réfléchit longtemps. L'assemblée attendait fébrilement sa réponse en retenant son souffle.
Soudain, il se leva, s'approcha du voyageur et, sans prévenir, lui donna une claque magistrale sur la nuque :
-- Et le « clac » que nous avons entendu, dit Nasreddine, vient-il de ma main ou de ta nuque ?

L'échelle

Dans sa jeunesse, Nasreddin Hodja, une longue échelle sur l'épaule, pénétra dans un jardin. Le jardinier qui l'aperçut lui demanda :
-- Qui es-tu ? Et que viens-tu chercher ici ?
Nasreddin répondit effrontément :
-- A ma connaissance, il n'y a pas d'endroit particulier pour vendre des échelles. Tu ne voudrais tout de même

pas que j'aille la vendre dans la boutique du boucher ?

L'échelle céleste
Des prêtres demandèrent à Nasreddin Hodja :
-- Comment votre Prophète a-t-il fait pour monter au ciel le jour où lui a été révélé le Coran ? Cela reste un mystère pour nous.
-- Qu'y a-t-il de mystérieux ? Il est monté avec la même échelle que votre Prophète, Jésus !

Elle a échappé au divorce
Nasreddin Hodja, de retour à *Konya* après une courte absence, apprit le décès de sa femme. Avec sa philosophie habituelle, il dit aux amis attristés pour lui :
-- Si elle n'était pas morte, j'aurais divorcé de toute façon.

L'endroit et l'envers
Nasreddin Hodja avait enfourché son âne à l'envers. Les fidèles qui le suivaient lui en demandèrent la raison.
-- Je ne pouvais faire autrement. Si je monte normalement, je vous tourne le dos, et cela ne se fait pas. Si vous marchez devant moi, c'est vous qui me tournez le dos, et c'est incorrect. C'est pourquoi j'ai choisi de me tenir ainsi : je suis toujours devant, mais sans vous tourner le dos.

L'enseignement
Les élèves interrogent Nasreddin Hodja, leur instituteur :

-- Maître, quel homme a le plus de valeur ? Celui qui conquiert un empire par la force, celui qui peut le conquérir mais qui se l'interdit, ou bien celui qui empêche un autre de s'emparer d'un tel empire ?
Perplexe, Hodja répond :
-- Je n'en sais rien. Mais je sais quelle est la tâche la plus difficile au monde.
-- Laquelle ? demandent les élèves.
-- Vous apprendre à voir les choses comme elles sont réellement.

Equilibre
Un curieux posa un jour cette question à Nasreddin :
-- Toi qui es la sagesse même, pourrais-tu me dire pourquoi, dès que le soleil pointe à l'horizon, les hommes sortent de leur maison, vont de-ci de-là, qui à droite, qui à gauche ?
-- C'est facile à comprendre, répondit Nasreddin : s'ils allaient tous du même côté, la terre perdrait son équilibre !

Et alors ?
Un jour, dans la rue, un homme dit à Nasreddin Hodja :
-- Il y a un instant, j'ai vu quelqu'un transporter un grand plat plein de *baklava*.
-- Qu'est-ce que ça peut me faire ?
-- Mais, Hodja, on portait ce grand plat de *baklava* chez toi !
-- Et alors ? Qu'est-ce que ça peut te faire ?

Et si...
Un jour Nasreddin Hodja prit un peu de yaourt et se rendit sur le bord du lac d'Aksehir. Là, il le mélangea à l'eau et le versa dans le lac.
Des paysans étonnés lui demandèrent :
-- Que fais-tu ?
-- Etes-vous aveugles ? Ne voyez-vous pas que je verse du ferment dans le lac ?
-- Mais il n'est pas possible que le lac prenne et devienne yaourt !
-- Je le sais, mais si ça arrivait...

Les étoiles
Nasreddin Hodja dit un jour aux fidèles de *Konya* :
-- Savez-vous que le ciel de *Konya* est le même que celui d'Aksehir ?
-- Comment le sais-tu ?
-- Parce qu'il y a autant d'étoiles à *Konya* qu'à Aksehir.

L'excuse est pire que la faute
Un jour, Nasr Eddin va rendre visite à un ami, lequel entreprend de lui poser une question:
-- Dis-moi cher ami et divin Hodja, pourrais-tu me donner un exemple où l'excuse est pire que la faute ?
-- Tu me prends de court, mon ami, et j'avoue que je sèche à l'instant. Mais mangeons plutôt comme tu avais prévu, et peut-être l'inspiration me viendra-t-elle en cours de route...

Ils s'installent donc, et commencent à grignoter les plats savoureux que la femme de son ami avait préparés dans sa cuisine. A un moment, l'ami de Nasr Eddin se lève pour aller à la cuisine, puis revient s'installer à sa place, sur un sofa au fond de la pièce.

Ce faisant, il passe devant le hodja, qui en profite pour lui claquer une main sur les fesses. L'ami se retourne, piqué au vif, et lui lance:

-- Ben alors ? ça ne va pas ? tu as changé de religion ou quoi ?

-- Oh ! excuse-moi, fait Nasr Eddin, je suis confus ; j'ai cru que c'était ta femme.

Exploits

Un soir d'hiver, tous les habitants mâles du village étaient réunis au *chaï khané*. Chacun racontait son aventure : qui de chasse, qui amoureuse, qui de guerre. Vint le tour de Nasreddin.

Il commença ainsi :

-- C'était durant la dernière guerre, nous étions encerclés par l'ennemi. Comme il n'y avait plus rien à faire, le capitaine nous donna l'ordre de dégainer notre épée et de nous précipiter au-devant de l'ennemi.

Les paysans étaient tout ouïe. Hodja ne poursuivant pas, on lui demanda :

-- Et après, qu'as-tu fait ?

-- Après, nous avons attaqué et j'ai coupé la jambe à l'un

d'eux.
-- Mais pourquoi lui as-tu coupé la jambe alors que tu pouvais lui trancher la tête et le tuer ?
-- Que voulez-vous, mes amis, quelqu'un avant moi lui avait déjà coupé la tête !

Fatigue
Nasreddin Hodja et sa femme paressaient au lit et aucun d'eux n'avait envie de se lever.
-- Khadija, dit Nasreddin, va voir dehors s'il pleut encore.
-- Non, le temps est sec, sinon tu entendrais le bruit de la pluie sur le toit.
-- Alors, lève-toi pour mettre une bûche dans le feu.
-- Tu ne vois pas d'ici qu'il reste encore des braises dans la cheminée ?
-- Je vois surtout que tu n'as aucune envie de te lever. Puisque tu as réussi à faire deux tâches sans sortir du lit, dis-moi comment tu comptes t'acquitter de la troisième ?
-- Laquelle ? interrogea Khadija.
-- Traire la chèvre qui se trouve dans la cabane, au fond du jardin.

Félicitations
-- Félicite-moi, ami, s'exclama Nasreddin Hodja. Je suis père.
-- Félicitations, lui dit-il. Est-ce une fille ou un garçon ?

-- Oui, répondit le hodja. Mais comment le sais-tu ?

La figure

Un soir, Nasreddin Hodja rentre chez lui, fatigué, cherchant du réconfort, mais ne trouvant, pour l'accueillir, que la mine renfrognée de sa femme.
-- Qu'est-ce qui ne va pas encore ? se plaignit Hodja. C'est là toute ma récompense après une dure journée de labeur?
-- Oh! dit sa femme, le petit garçon de notre voisin est mort. Je suis allé participer à la prière et je viens juste d'en revenir.
-- Je veux bien te croire, répliqua Hodja. Tu as la même mine revêche que quand tu reviens d'un mariage.

Fin du monde

Nasreddin Hodja avait une très belle chèvre. Un jour, de mauvais plaisantins lui firent cette proposition :
-- Dans quelques heures ce sera la fin du monde. Que feras-tu de ta chèvre ? Pourquoi ne pas aller la faire rôtir à la campagne et profiter au moins ainsi d'un bon repas ?
Nasreddin fit la sourde oreille. Ils revinrent à la charge, et cette fois, il se laissa convaincre. Ils se rendirent tous dans un pré, ramassèrent du bois mort, puis la bande décida d'aller se baigner, laissant à Nasreddin le soin de la cuisson et la garde des vêtements.
Alors Nasreddin prit un à un leurs vêtements et les jeta au feu pour l'alimenter. Lorsque les autres revinrent, ils

s'enquirent de leurs effets.
-- Je les ai jetés au feu pour raviver la flamme, dit Hodja.
Ils se ruèrent sur lui en vitupérant. Mais sans se départir de son calme, il leur lança :
-- Quelle importance cela fait-il ? La fin du monde ne doit-elle pas arriver dans quelques heures ?

La flamme d'une bougie
Nasreddin Hodja était assis au café, échangeant des histoires avec ses amis et fanfaronnant plus que de coutume.
-- Je pourrais tenir toute une nuit, debout dans la neige, sans aucun feu pour me réchauffer.
-- Personne ne peut faire ça ! dit un homme en regardant la neige tomber, à travers la fenêtre.
-- Je pourrai et je le ferai cette nuit-même. Je le ferais même si je n'avais pas la moindre braise pour me réchauffer. Alors, si je perds mon pari, demain je donnerai un banquet pour vous tous, chez moi.
Le pari était lancé. Les amis de Nasreddin allèrent rejoindre leurs lits douillets, tandis qu'il s'installait seul sur la place enneigée. La neige glacée enveloppant ses pieds et fouettant son visage était pénible à supporter. Mais, plus pénible encore était la somnolence qui le tenaillait. Il se devait de rester éveillé, ne serait-ce que pour réchauffer, en les battant, ses pieds et ses mains glacés. Il avait constaté qu'il était plus facile de lutter contre le sommeil en fixant la

bougie qui clignotait dans la maison de Mahmoud.

Le matin est enfin venu. Des curieux rencontrèrent Nasreddin Hodja, frissonnant et baillant, qui rentrait chez lui prendre une tasse de thé chaud. Ils lui demandèrent des nouvelles de sa nuit et furent émerveillés de ce qu'il avait fait.

-- Comment as-tu pu rester éveillé toute la nuit ? lui demandèrent-ils.

-- J'ai fixé une bougie vacillante dans la maison de Mahmoud, répondit-il.

-- Tu as bien dit une bougie ?

-- Bien sûr, répondit Nasreddin.

-- Une bougie allumée produit une flamme. La flamme donne de la chaleur. Tu t'es donc réchauffé grâce à la chaleur de cette bougie. Tu as perdu ton pari.

D'abord Nasreddin essaya de rire de leur argumentation, mais il constata bientôt qu'ils ne plaisantaient pas. Il ne pouvait pas convaincre ses amis qu'une bougie à l'intérieur d'une maison distante ne pouvait procurer aucune chaleur à un homme se trouvant dehors sur la place enneigée.

-- Quand viendrons-nous chez toi, pour le banquet ? lui dirent ses amis, insistant sur le fait qu'ils avaient gagné le pari.

-- Venez ce soir, à la nuit tombée, leur dit Nasreddin.

Juste après l'appel du muezzin pour la prière du soir, un

groupe d'hommes vint frapper à la porte de Nasreddin qui leur ouvrit. Laissant leurs chaussures près de l'entrée, ils s'assirent en tailleur sur une natte.
-- Le dîner n'est pas tout à fait prêt, lança Nasreddin de sa cuisine.
-- Nous ne sommes pas pressés, nous attendrons le temps qu'il faut, dirent-ils.
Humant l'air ambiant pour deviner ce qui pouvait mijoter dans la cuisine, ils ne décelèrent aucune odeur particulière. Ils attendirent, attendirent, attendirent...
-- J'espère que vous n'avez pas faim, leur dit Nasreddin de la cuisine. Le dîner n'est pas encore prêt.
-- Peut-être pourrions-nous t'aider, suggéra un invité affamé.
-- Bien, dit Nasreddin, Vous pourriez alors tous venir à la cuisine pour aider.
Entrant dans la cuisine, ils furent surpris de trouver Nasreddin debout, en train de remuer avec application le contenu d'une grande marmite en cuivre suspendue et sous laquelle brûlait (à bonne distance) une bougie vacillante.
-- Juste quelques minutes ! dit Nasreddin, debout sur la pointe des pieds, scrutant l'intérieur de la marmite froide. Ça ne devrait plus tarder à bouillir. Une bougie donne tellement de chaleur, vous le savez bien !

La fontaine

Par une chaude journée d'été, Nasreddin Hodja se rendit dans un village voisin. Assoiffé, il s'arrêta à une fontaine au bord de la route. Le robinet de cette fontaine était bouché avec un morceau de bois. Il le retira et un puissant jet l'inonda de la tête aux pieds. Très en colère, il s'adressa à la fontaine :
-- Je comprends à présent pourquoi ils t'ont bouchée. Si tu avais été gentille ils ne t'auraient rien fait. Ils avaient raison.

Le four
Khadija sa femme, tannait depuis un certain temps le Hodja sur le long trajet qu'elle avait à parcourir jusqu'au four banal, surtout quand elle revenait avec les plats brûlants. Finissant par céder, Nasreddin construisit donc un four de ses propres mains au fond de la cour.
Quand ce fut fait, il invita toute la famille, les amis et voisins, pour l'inauguration.
-- Es-tu fou ? lui fit-on, de bâtir un four qui soit aussi mal orienté ? Veux-tu que le malheur tombe sur ton foyer ?
-- Et qu'aurais-je dû donc faire ? gémit le malheureux hodja.
-- Tu aurais dû le construire avec l'ouverture vers le Sud, pour que ce que tu enfournes le soit en direction de la Mecque, pour que ton pain et tes plats soient bénis par Allah et son Prophète.
-- Ah ! Vous avez raison.

Il démolit donc le four, et le rebâtit à l'identique, mais avec l'ouverture au Sud cette fois. Quand ce fut fait, il réinvita toute la famille, les amis et voisins, pour l'inauguration.

-- Es-tu fou ? lui fit-on, de bâtir un four qui soit aussi mal orienté ? Veux-tu manger tous tes aliments trop cuits et brûlés ?

-- Et qu'aurais-je dû donc faire ? gémit le malheureux hodja.

-- Tu aurais dû le construire avec l'ouverture vers l'Est.

-- Et pourquoi ça ?

-- Parce que le vent du Sud, s'engouffrant dans ton four, le ferait monter trop rapidement en température, et tous tes aliments seraient desséchés ou brûlés, et nuiraient plutôt à ta santé. Pour avoir une alimentation qui ne soit pas *haram*, tu devrais ménager ton ouverture à l'Est. Comme ça, profitant de la fraîcheur du matin et des doux rayons du soleil, ton four monterait progressivement en température et la cuisson serait plus douce et respectueuse des aliments.

-- Ah ! Vous avez raison.

Il re-démolit le four, et le rebâtit à l'identique, mais cette fois, il le plaça sur une plateforme, installée sur une petite charrette. Quand ce fut fait, il invita à nouveau toute la famille, les amis et voisins, pour l'inauguration.

On l'interrogea sur cette idée saugrenue d'édifier un four sur une charrette.

-- C'est très simple, rétorqua-t-il. Désormais, quand on me

dira que mon ouverture est mal placée, je n'aurai plus à détruire mon four pour le mettre comme on me dit. Il me suffira juste de tourner la charrette dans le bon sens.

Le génie
Le fils de Nasreddin Hodja lui dit un jour :
-- Père je me souviens du jour de ta naissance.
A ces mots sa mère s'indigna et gronda l'enfant. Hodja intervint :
-- Femme, laisse-le dire. Notre fils est un génie, il se peut qu'il s'en souvienne.

La gestation
La première femme de Nasreddin Hodja étant morte récemment, il décida de se remarier. Exactement sept jours après le mariage, sa femme donna naissance à un bébé. Hodja courut au marché, acheta du papier, des crayons, des livres et revint mettre ces objets à côté du nouveau-né. Etonnée, sa femme lui demanda :
-- Mais Effendi, le bébé n'aura aucune utilisation de ces objets pour encore quelque temps! Pourquoi cette précipitation ?
-- Au contraire, répondit Nasreddin. Un bébé qui arrive en sept jours au lieu de neuf mois, est sûr d'avoir besoin de ces choses d'ici à deux semaines au maximum.

Les gifles

Un jour, Nasreddin Hodja donna une cruche à sa fille pour la remplir à la fontaine, puis il lui appliqua deux gifles.
-- Fais bien attention à la cruche, ne la casse pas, lui recommanda-t-il.
La fillette se mit en route en pleurant. Un témoin lui demanda :
-- Hodja, pourquoi commets-tu ce genre d'injustice ? Qu'a-t-elle fait ?
Fronçant les sourcils, Nasreddin répondit :
-- De quelle utilité serait la correction, une fois la cruche réduite en morceaux ?

Le glouton
Au cours d'un festin, Timour Leng, qui était un goinfre, avait mangé un grand nombre de poulets et d'oiseaux divers. À un moment, profitant d'un instant d'inattention, il pousse devant Nasr Eddin, qui est son voisin de table, la montagne d'os qu'il a laissés lui-même puis, prenant la nombreuse assemblée des convives à témoin :
-- Voyez ce grand sage, cet honorable vieillard ! Regardez les quantités de nourriture qu'il engloutit !
-- Voyez ce chien ! s'écrie le Hodja en désignant l'espace devenu vide devant Tamerlan. Lui, il va jusqu'à avaler les os !

La grandeur du savoir
Prêtant à Nasr Eddin des compétences en toutes sortes de

domaines pratiques, un paysan tente de lui tirer les vers du nez :

-- Ô Hodja, le salut ! Laisse-moi te poser quelques questions, ô toi de qui la science coule sans que tu fasses d'effort.

-- Ne crois pas cela. L'ami, j'ai très peu étudié…

-- Écoute, Nasr Eddin. A chaque réponse que tu me feras, je te donnerai une de ces grives que j'ai là dans ma gibecière.

Un coup d'œil sur celle-ci rassure Nasr Eddin, qui est friand de gibier.

-- Essaie toujours…

Le bonhomme interroge: agriculture, astronomie, drogues et simples, tout y passe. Au bout d'une dizaine de réponses, Nasr Eddin a sur les bras plus d'oiseaux qu'il ne peut en tenir, et le sac du paysan semble s'être vidé.

-- Encore une question, s'il te plaît.

-- Non, répond le Hodja, j'ai tout dit, je ne sais plus rien sur rien.

-- Comment ? Aurions-nous touché le fond de ta science en dix réponses ?

-- De ma science, non, idiot, mais de ton sac, oui !

Le halva
Nasreddin Hodja était à l'arrêt devant la vitrine d'une pâtisserie de Konya où était exposé un grand plat de halva. Croyant ne pas être vu, il se mit à engloutir des cuillèrées

de ce gâteau. Le patron s'en aperçut et s'écria :
-- Tu te crois peut-être dans la boutique de ton père ?
Imperturbable, Nasreddin répondit :
-- Ne vois-tu pas que je mange du halva ?
Et il continua de manger. Alors le pâtissier se saisit d'un bâton pour le frapper.
-- Les habitants de Konya sont vraiment de braves gens ! Ils vous font manger du halva à coups de bâton ! se dit-il.

L'imbécile
Nasreddin Hodja portait une caisse remplies d'objets en verre. Soudain, il trébucha et la caisse tomba à terre. Tout était là, cassé, au milieu de la chaussée. Attirés par le bruit, les badauds accoururent. Agacé, Nasreddin s'écria :
-- Que regardez-vous donc ? Vous n'aviez encore jamais vu un imbécile ?

Je me contenterai
Nasreddin Hodja rêvait qu'on lui mettait dans la main un sac de quatre-vingt-dix-neuf pièces de monnaie. Content, il protestait tout de même :
-- J'en voudrais cent.
Sur ces paroles il s'éveilla. Voyant qu'il n'avait rien dans la main, il regretta sa protestation, ferma les yeux pour continuer son rêve et supplia :
-- Ça va, ça va, je me contenterai de quatre-vingt-dix-neuf.

Jeunesse
Nasreddin Hodja voulait monter un cheval assez nerveux. N'y parvenant pas, il secoua la tête.
-- Ah ! Jeunesse, je deviens vieux.
Puis il regarda autour de lui et voyant qu'il était seul, il marmonna :
-- Même jeune je ne valais rien.

Des jouets
Une des femmes de Nasreddin Hodja allait accoucher. Les douleurs s'amplifiaient, impossibles à calmer. On alla quérir Nasreddin. Après avoir compris la situation, il partit et revint très vite avec des jouets et une trompette.
Devant l'étonnement des gens présents, il expliqua :
-- Le petit, en entendant la trompette, se hâtera de sortir pour s'amuser avec ses jouets.

Un jour heureux
Le roi se comportait en despote et n'était guère apprécié de personne. Un jour, il demanda à Nasreddine Hodja :
-- Saurais-tu me dire quel est le jour préféré de mes sujets ?
-- Pour l'instant, il n'y en a aucun. Mais dans l'avenir, ce sera celui où votre Majesté aura le bonheur au paradis.

Le jugement

Nasreddin Hodja, pensif, arpentait la rue, lorsqu'on lui asséna une forte tape sur la nuque. Il se retourna et un individu s'excusa :
-- Pardon, monsieur. De dos, je vous avais pris pour un ami.
Naturellement Nasreddin ne le crut pas et l'emmena devant un juge. Le Cadi se trouvait être un ami de celui qui avait frappé Nasreddin.
-- Allons, dit le juge, donne-lui une gifle à ton tour et soyez quittes.
Hodja refusa.
-- Le prix d'une gifle est d'un doublon. Que celui qui t'a frappé le paie, trancha le juge.
L'homme n'ayant pas d'argent sur lui, déclara aller en chercher. Des heures passèrent. Nasreddin comprit qu'il avait été berné. Il se leva et donna une gifle au juge en disant :
-- Excellence, puisque le prix d'une gifle est d'un doublon, paie-toi avec l'argent qu'il doit m'apporter, moi je n'ai plus de temps à perdre.

Jusqu'à quand ?
A quelqu'un qui lui demandait :
-- Hodja, jusqu'à quand les hommes continueront-ils à naître et à mourir ?
Nasreddin répondit :
-- Jusqu'à ce que le paradis et l'enfer soient remplis.

Le lac

Nasreddin Hodja venait à Aksehir pour la première fois. Il n'avait encore jamais vu de lac.
Contemplant le paysage, il dit :
-- Bel endroit, dommage que la vallée soit inondée !

La lettre

Dans la petite ville d'Akshéhir où il habite, Nasr Eddin passe pour très savant.
Un jour, une vieille paysanne vient le trouver, une lettre à la main. C'est la première fois qu'elle en reçoit une, et elle ne sait pas lire.
-- Nasr Eddin, je te prie, lis-moi cette lettre. Pourvu qu'elle ne m'apporte pas une mauvaise nouvelle !
Nasr Eddin prend la lettre et la parcourt des yeux. Au fur et à mesure qu'il avance dans sa lecture, sa physionomie s'assombrit et soudain il fond en larmes, au grand émoi de la paysanne.
-- Ô Nasr Eddin, ne me fais pas languir davantage. J'ai perdu ma sœur Aïcha, c'est cela ?
Mais Nasr Eddin continue sa lecture sans répondre et, peu à peu, les larmes laissent place à un sourire de plus en plus épanoui, qui, à la deuxième page, se transforme en un éclat de rire, en un fou rire irrépressible qui ébranle jusqu'à son turban.
La vieille n'y tient plus :

-- Nasr Eddin, tu me feras mourir ! D'abord tu pleures, ensuite tu ris. Aie pitié de moi !
-- Ah! ma bonne vieille, réussit enfin à articuler Nasr Eddin, ne te fais aucun souci. Si je pleure, c'est tout simplement parce que tu ne sais pas lire.
-- Mais pourquoi ris-tu, alors ?
-- Parce que moi non plus.

La lettre à Bagdad
Un ami s'adressa à Nasreddin Hodja :
-- Rends-moi un service. Tu es cultivé, spirituel. Ecris-moi une lettre pour un ami qui est à Bagdad.
-- Ce n'est pas possible, je n'ai pas le temps d'aller à Bagdad pour écrire cette lettre.
-- Mais il n'est pas nécessaire d'aller à Bagdad pour écrire cette lettre. Je ne vois pas le rapport.
-- Il y en a un pourtant. Moi seul peux lire mon écriture et je n'ai pas du tout l'intention d'aller à Bagdad pour déchiffrer ma lettre à ton ami.

La lettre et le turban
Un jour un commerçant d'Aksehir vint trouver Nasreddin Hodja avec une lettre qui lui venait de Perse.
-- S'il te plaît, lis-moi cette lettre.
Nasreddin Hodja prit la lettre, vit qu'elle était écrite en farsi, et lui dit :
-- Cherche quelqu'un d'autre, je ne peux pas la lire.

Le commerçant ne pouvant croire un seul instant que Nasreddin soit analphabète, lui dit :
-- Comment cela, tu ne peux pas la lire ! Il est impossible qu'un Hodja ne connaisse pas le persan ! N'as-tu pas honte de porter ce turban ?
Alors Nasreddin retira son turban et le mit sur la tête du commerçant :
-- Si le miracle est dans le turban, tu peux la lire toi-même !
Et il s'en alla.

Le lit
Nasreddin Hodja avait épousé une veuve qui ne cessait de vanter les mérites de son premier mari. Agacé, il commença, pour sa part, à vanter ceux de sa première femme. Mais rien n'y fit. Alors, une nuit, Nasreddin, à bout de nerfs, la fit tomber du lit.
-- Pourquoi agis-tu ainsi? se plaignit-elle.
-- Ecoute. Toi, moi, ton premier mari, ma première femme, cela fait quatre personnes dans un lit. Ça fait trop de monde!

La lumière
La femme de Nasreddin Hodja était enceinte. Sentant l'heure de l'accouchement arriver, elle demanda à son mari d'allumer une bougie et de la placer sur la table. L'enfant vint au monde rapidement.
Nasreddin eut à peine le temps de se réjouir qu'un

deuxième enfant arriva, puis un troisième. Alors il se précipita pour éteindre la bougie.
-- Pourquoi éteins-tu la bougie ? lui demanda sa femme.
-- La lumière attire les enfants. Si je ne l'éteins pas tout de suite, combien en aurons-nous donc ?

La lune
Une fois, le jeune Nasreddin Hodja se rendait en la ville de Sivrihisar. A l'heure du crépuscule, il vit un groupe de gens qui regardaient vers le ciel. Il demanda pourquoi.
-- Nous essayons de voir la nouvelle lune qui annonce le début du ramadan.
-- Dans quel monde vit-on ? dit Nasreddin. A Aksehir les gens ont sur la tête une lune grosse comme une roue et personne ne se tord le cou pour la regarder. Et vous, vous vous mettez en tas pour voir un tout petit morceau de lune…

La lune dans le puits
Par une belle nuit d'été, Nasreddin Hodja se rendit dans son jardin, un seau à la main, pour puiser l'eau du puits. Il se pencha pour voir si le seau était plein, et fut effrayé de trouver la lune dans l'eau du puits.
-- Quelle catastrophe ! La lune est tombée dans le puits!
Il retourna chez lui, prit un seau plus grand, espérant ainsi la sortir de là. Il fixa le seau à la poulie et se mit à tirer de toutes ses forces. Malheureusement la corde céda et il

tomba à la renverse. Un peu étourdi, il se remettait lentement du choc, quand il rouvrit les yeux et vit la lune dans le ciel. Avec un soupir de soulagement, il s'exclama :
-- Peu importe que je me sois fait mal, j'ai réussi à remettre la lune à sa place !

Le luth
Quelqu'un demanda, un jour, à Nasreddin Hodja s'il savait jouer du luth.
-- Oui, répondit Nasreddin.
On lui donna un luth et il commença à jouer. Diiiiiiiiiiiiiiiiing ... Toujours la même note, avec la même corde, à plusieurs reprises. Après quelques minutes, les gens demandèrent à Nasreddin de cesser.
-- Hodja, ce n'est pas une façon correcte de jouer du luth, vous jouez toujours la même note. Les joueurs de luth déplacent leurs doigts de haut en bas et vice-versa.
-- Eh bien, je sais pourquoi ils vont en haut et en bas et essayent les différentes cordes.
-- Pourquoi donc cela ?
-- Parce qu'ils cherchent cette note que, moi, j'ai déjà trouvée.

Ma femme
Alors que Nasreddin Hodja prêchait dans une mosquée, il aperçut des femmes vêtues d'une façon un peu provocante. Il décida donc de faire un sermon sur les

vêtements décolletés des femmes, et il en dit de toutes les couleurs ! A la sortie quelqu'un l'aborda :
-- Qu'est-ce qui t'a pris ? Tu as exagéré. Mais dis-moi, ta femme aussi porte des décolletés. Et il me semble même qu'elle se maquille.
Hodja, qui avait une épouse plutôt mignonne, répondit :
-- Dis-moi la vérité. Ne penses-tu pas que le décolleté et le maquillage vont bien à ma femme ?

La maison de mon âme
Nasreddin Hodja rentra affamé chez lui. Sa femme lui servit aussitôt un potage bouillant. Il se précipita dessus et naturellement se brûla en l'avalant. De douleur il hurla :
-- Au feu ! Au feu !
-- Où est le feu ? demanda sa femme qui était accourue.
-- Là, dans la maison de mon âme, dit Nasreddin en montrant son estomac.

Mange !
Un jour Nasreddin Hodja fut invité à un repas de noce. Il s'y rendit habillé normalement, mais personne ne faisait attention à lui. Vexé, il retourna chez lui, mit une belle fourrure et rentra à nouveau dans la salle. Cette fois on le traita avec grands égards, on le fit asseoir à la table principale et on le servit copieusement.
Nasreddin prit alors un pan de sa fourrure, le mit dans son

assiette et dit :
-- Mange, ma fourrure, mange.
Les convives furent intrigués :
-- Mais, Hodja, que fais-tu ?
-- Puisque tous les égards sont dus à ma fourrure, il semble juste qu'elle aussi participe au festin.

Manque
Nasreddine priait à la mosquée avec le roi. Quand ils eurent terminé, chacun fit un souhait. Le roi commenca :
-- O mon seigneur, donne-nous la foi et la piété.
Nasreddine, qui était pauvre, demanda :
-- O mon seigneur, donne-nous de l'argent.
Le roi gronda Nasreddine :
-- Voyons, Nasreddine, n'as-tu pas quelque chose de plus noble à demander à Dieu ?
Vexé, Nasreddine dit :
-- Chacun demande ce qu'il n'a pas !

Le manteau
Un jour Nasreddin Hodja rencontra un voisin qui lui dit :
-- Hier soir, j'ai entendu des voix qui venaient de chez toi, puis des cris et enfin une chute.
Voulant couper court à cette conversation, Nasreddin expliqua :
-- J'ai eu une petite prise de bec avec ma femme. De rage elle a pris mon manteau et l'a jeté dans les escaliers.

-- Mais, Hodja, est-il possible qu'un manteau fasse un tel bruit ?
Acculé à avouer la vérité, Nasreddin se résolut :
-- J'étais dans le manteau.

La mariée
Selon l'usage à l'époque, les mariages se célébraient sans que les futurs époux se connaissent. C'est ainsi que Nasreddin Hodja se retrouva marié à une femme qui lui apparut, le soir des noces, beaucoup plus laide que prévu. Un jour, pour le rendre jaloux, elle lui demanda :
-- A quel homme me permets-tu de montrer mon visage ?
Et lui :
-- A n'importe qui sauf à moi.

Menaces
Un jour, dans un village où il était l'hôte des habitants, Nasreddin Hodja égara sa besace. Il se mit à crier à tue-tête.
-- Si vous ne me la retrouvez pas tout de suite, je sais ce que j'ai à faire !
Ils cherchèrent avec le plus grand soin. Finalement, on retrouva la besace. Alors que le Hodja allait quitter le village, un de ceux venus le saluer lui demanda, intrigué :
-- Et si par malheur la besace n'avait pas été retrouvée, qu'aurais-tu fait ?
-- Ce que j'aurais fait ? J'ai chez moi un vieux tapis. Je

l'aurais découpé pour en faire une nouvelle besace.

Le miroir de Tamerlan
Timour Leng n'était pas seulement boiteux, il était également borgne et d'une repoussante laideur. Un jour qu'il a confié sa tête à raser à son barbier, il devise de choses et d'autres avec Nasr Eddin.
Quand le barbier a fini, il lui présente un miroir, et à peine Timour s'y est-il regardé qu'il éclate en sanglots. Aussitôt Nasr Eddin, à son exemple, se répand en pleurs, poussant soupirs et gémissements. La scène de lamentation dure une bonne heure.
Puis Timour Leng se reprend enfin et sèche ses larmes, tandis que Nasr Eddin continue à sangloter de son côté.
-- Mais enfin, qu'as-tu ? lui demande Timour Leng étonné. Moi, si j'ai pleuré, c'est que je me suis trouvé vraiment laid. Toi, qu'est-ce qui te met dans cet état ?
-- Sauf ton respect, ô notre souverain, tu t'es regardé un bref instant dans un miroir, et cela t'a suffi pour pleurer une heure durant ; mais moi, qui te vois à longueur de journée, n'ai-je pas de quoi pleurer plus longtemps ?

Le monde est mal fait
Nasreddin Hodja pensait à voix haute :
-- Comme le monde est mal fait ! Quand je veux faire un halva, si j'ai de la farine, me manque le sucre ; si j'ai du sucre, me manque la farine ; quand j'ai les deux, c'est moi

qui n'ai plus envie de faire le halva

Le mort

Un homme, avec qui Nasreddin Hodja avait eu un différend, venait de mourir. Au cours de la cérémonie funèbre, l'imam, selon l'usage, demanda aux fidèles s'ils connaissaient le défunt.
Connaissant les liens d'amitié qui liaient autrefois le mort et Hodja, l'imam s'adressa donc à lui. Hodja, qui en voulait terriblement à cet homme, mais ne désirait pas parler en la circonstance, répondit :
-- Ne me demandez rien, je ne parle pas derrière le dos des morts.

Mort abandonné

Nasreddin Hodja se promène sur la route. Effrayé par un bruit, il se jette dans le fossé. « Je suis mort de peur », pense-t-il au bout d'un moment.
Le froid, la faim commencent à le tenailler. Il rentre chez lui, annonce à sa femme la triste nouvelle et retourne dans son fossé. Secouée de sanglots, l'épouse du *Mulla* va chercher du réconfort chez les voisins :
-- Mon mari est mort ! Il gît dans un fossé...
-- Comment le sais-tu ?
-- Personne n'ayant découvert son corps, le pauvre, il a dû venir m'en avertir lui-même.

La mort de l'âne
Nasreddin Hodja perdit sa femme.
Il était désespéré et pleurait sans cesse. Ses amis le consolèrent ainsi :
-- Ne te laisse pas aller, c'est le destin. Nous te trouverons une autre femme ; peut-être même mieux que la précédente.
Et Nasreddin finit par surmonter son chagrin.
A quelque temps de là, son âne mourut. Cette fois il pleura tant et plus qu'il fut impossible de le consoler. Un de ses amis lui dit alors :
-- Sais-tu que tu es étrange ? Ta femme meurt, tu pleures, c'est naturel, mais ton chagrin passe. Par contre, rien ne peut te consoler de la mort de ton âne !
Nasreddin expliqua :
-- A la mort de ma femme, vous m'avez dit : « Nous t'en trouverons une autre encore mieux. » A la mort de mon âne, personne n'est venu me dire « Nous le remplacerons par un autre. »

Musique
Un soir, Nasreddin Hodja et son fils rentraient chez eux. Des voleurs cherchaient à fracturer une porte. Le fils demanda :
-- Papa, que font-ils ?
-- Ils jouent de la musique.
-- Mais on n'entend rien !

-- Si, mon fils, mais c'est une musique spéciale, nous l'entendrons demain matin.

Nasreddin commerçant

Nasreddin Hodja fit l'acquisition d'un étal de marchand ambulant et se mit à parcourir les rues du village, criant :
-- Qui veut mes belles tomates rouges ! Qui veut mes belles salades ! Qui veut mon persil frais !
Le premier client qui se présente découvre que, dans le panier de Nasreddin, il n'y avait aucun légume mais de la viande de chèvre, uniquement de la viande.
-- Que se passe-t-il, Nasreddin Hodja? Tu ne vendras rien si tu ne dis pas réellement ce que tu vends.
-- Je sais ! Je sais ! rétorqua Nasreddin. Mais si je crie « qui veut ma belle viande de chèvre », j'aurai tous les chats et tous les chiens errants du village à mes trousses.

Nasreddine médecin

Nasreddine Hodja avait envie d'apprendre la médecine. Il alla voir le médecin le plus célèbre de sa ville et lui fit part de son désir :
-- Tu tombes bien, lui dit le médecin, je vais visiter quelques malades ; viens avec moi, tu pourras ainsi apprendre le métier sur le terrain.
Nasreddine accompagna le médecin chez le premier malade. Le médecin regarda à peine le patient et lui dit :
-- Ton cas est très simple : ne mange plus autant de cerises,

bois une tisane avant de dormir et demain tu seras guéri.
Nasreddine Hodja était plein d'admiration. Dans la rue, il ne tarit pas d'éloges :
-- Ô ! maître, vous êtes vraiment un grand médecin ! Comment, sans toucher le malade, avez-vous pu deviner de quoi il souffrait ?
-- C'est très simple, lui répondit-il, j'ai regardé sous le lit et j'ai vu qu'il y avait un gros tas de noyaux de cerises. J'en ai déduit qu'il en avait trop mangé.
Le Hodja se dit que la médecine était plutôt simple et qu'il pouvait l'exercer à son tour. Il se déclara médecin et, dès le lendemain, alla visiter son premier patient.
Il entra, regarda sous le lit et ne vit que les vieilles babouches du malade :
-- Ton cas est simple, lui dit-il, ne mange plus autant de babouches, bois une tisane avant de dormir et demain tu seras tout à fait guéri.

N'importe où
Dans les villages, lors des funérailles, les hommes portaient le cercueil jusqu'à la mosquée, puis au cimetière. Quelqu'un demanda un jour à Nasreddin Hodja :
-- Pendant la procession, de quel côté du cercueil faut-il se placer ?
-- N'importe où, répondit Nasreddin en souriant, pourvu que ce ne soit pas dedans.

Le nom de sa femme
Nasreddin Hodja est allé chez le cadi pour divorcer. Ce dernier lui a demandé le nom de sa femme.
-- Je ne sais pas, a-t-il répondu.
-- Depuis combien d'années êtes-vous mariés ?
-- Depuis plus de vingt ans.
-- Comment se fait-il que tu ignores le nom de ta femme ?
-- Je n'ai jamais pensé que le mariage durerait, donc je n'ai pas fait l'effort d'apprendre le nom de la jeune mariée.

Non-commerce
Un jour Nasreddin Hodja se mit à vendre huit *akçe* des œufs qu'il avait acheté neuf *akçe* la veille. A ces amis qui s'en étonnaient, il dit :
-- Qu'y a-t-il d'étrange à cela ? J'ai décidé, au contraire de vous tous, de ne pas faire du commerce.

Les notables
Tout l'après-midi, Nasreddin Hodja s'est promené en compagnie de deux notables de la ville, l'imam et le cadi, mais l'heure est venue de se séparer.
--Tu es vraiment un homme surprenant, remarque le religieux. Parfois on dirait que tu es un filou capable de voler et de duper n'importe qui, et puis, quelques instants après, on croirait avoir affaire à un imbécile.
Allons, Nasreddin, sois franc pour une fois, continue le

magistrat, dis-nous donc qui tu es en réalité : un escroc ou un idiot ?
-- Cela dépend, répond Nasreddin Hodja. Et ce que je peux vous dire tout de même, chers amis, c'est qu'en ce moment je suis juste entre les deux !

Le noyé
Nasreddine est assis dans un café quand il voit la foule agitée dehors, il va voir ce qu'il se passe.
Un homme est tombé à l'eau et est en train de se noyer. De nombreuses personnes essayent de l'attraper et lui disent :
-- Donne-moi ta main, donne-moi ta main !
Mais l'homme n'en fait rien. Nasreddine dit alors :
-- Prend ma main, prend la !
L'homme l'attrape aussitôt et parvient à sortir de l'eau.
On demande alors à Nasreddine pourquoi l'homme a refusé l'aide des autres et pas la sienne.
Nasreddine explique :
-- Je connais cet homme : il est tellement avare qu'il ne donnerait même pas ses péchés, alors sa main...

La nuit où il a plu du couscous
Un jour, en labourant son champ, Nasreddine trouva une jarre remplie de pièces d'or. Il se hâta de la cacher sous un arbre, en attendant la nuit pour la transporter sans être vu. Mais, possédé par une folle envie de partager sa joie avec quelqu'un, il courut jusque chez lui. Il ferma la porte à clé,

tira sa femme par le bras vers la pièce la plus reculée de la maison, regarda autour de lui pour vérifier qu'il n'y avait personne et lui chuchota à l'oreille la bonne nouvelle, en lui enjoignant de n'en souffler mot à âme qui vive.

Une fois couché, Nasreddine se rendit compte de la bêtise qu'il venait de faire. Il était le premier à savoir que sa femme ne pourrait pas tenir sa langue et que, le lendemain, la nouvelle serait diffusée partout. Il réfléchit et trouva une idée. Pendant que sa femme dormait, Nasreddine alla chercher la jarre et la cacha dans un lieu sûr ; ensuite, il monta sur le toit, chargé de deux seaux pleins de couscous. Il fit du bruit pour imiter l'orage, puis il dispersa le couscous sur le toit, dans la cour et autour de la maison, avant d'aller se recoucher.

Au réveil, sa femme l'appela :

-- J'ai eu peur cette nuit, avec tous ces orages. Le linge que j'avais laissé dehors doit être trempé.

La femme sortit pour ramasser son linge ; mais en arrivant dehors elle poussa un cri de surprise :

-- Viens voir, il a plu du couscous.

-- Rien n'est impossible à Allah, lui répondit Nasreddine avec un air de grand philosophe.

Comme Nasreddine l'avait prédit, sa femme ne put tenir sa langue. Dans la journée, elle annonça la nouvelle du trésor à tous les voisins en leur faisant promettre de ne surtout rien dire à personne. La nouvelle circula et finit par arriver aux oreilles du sultan, qui convoqua Nasreddine.

Le jour de l'audience, le sultan lui dit :

-- Ne sais-tu pas que tout ce qui se trouve sous la terre appartient au sultan ? Selon la loi, tu dois me remettre la jarre que tu as trouvée.

-- De quelle jarre parles-tu ? A vrai dire, je ne comprends rien à ce que tu m'annonces.

-- Arrête de faire le malin, c'est ta femme qui en a parlé à tout le monde.

-- Oh, mais tout le monde sait que ma pauvre femme est un peu simple d'esprit ; elle fait des rêves la nuit et elle les prend pour la réalité.

Le sultan fit venir la femme de Nasreddine.

-- Raconte-nous la vérité, lui dit le sultan.

-- La vérité vraie est que mon mari a trouvé une jarre pleine de pièces d'or.

-- Peux-tu nous dire quel jour c'était ?

-- C'est simple, je m'en souviens très bien, c'était le soir où il a plu du couscous.

-- C'est bien, dit le sultan. Maintenant, Nasreddine, tu peux rentrer avec ta femme, et qu'Allah te vienne en aide pour la supporter.

Obéissance

Nasreddin Hodja avait un fils fort entêté qui faisait systématiquement le contraire de ce qu'on lui disait. Un jour, le père et le fils avaient chargé deux sacs de sel sur

l'âne et rentraient à Aksehir. Près du village il y avait un fleuve assez large. Alors qu'ils le traversaient, Nasreddin s'aperçut qu'un des deux sacs allait toucher l'eau. Persuadé que son fils ferait le contraire, il lui cria :
-- Mon fils, le fond du sac va toucher l'eau, le sel sera mouillé, fais en sorte que le sac soit bien immergé.
Malheureusement, ce jour-là, son fils était bien luné. Il tira sur le chargement et les deux sacs tombèrent dans le fleuve. Le père leva les bras au ciel en hurlant :
-- Qu'as-tu fait, bon à rien, nous n'avons plus une poignée de sel !
Et le pauvre garçon de répondre :
-- Pour une fois que je t'obéis, tu me grondes pareil !

Obscurité
Une nuit, la femme de Nasreddin Hodja le réveilla et lui demanda :
-- S'il te plaît, donne-moi le chandelier qui est à ta gauche.
Agacé il répondit :
-- Comment veux-tu que je sache où sont ma droite et ma gauche dans cette obscurité ?

L'odeur
Nasreddin Hodja était seul chez lui et imaginait qu'il se préparait un bon petit plat : un poulet avec lequel il faisait un bouillon bien assaisonné. Il n'avait pas encore mis les pieds dans la cuisine, qu'on frappa à la porte. Un gamin,

un bol à la main lui dit :
-- Excuse-moi, Hodja, ma mère est malade. Je suis venu te demander un peu de bouillon.
Abasourdi, le hodja pensa : « Mes voisins parviennent à sentir jusqu'à l'odeur de mon imagination ! »

L'omelette
Nasreddin Hodja, du temps qu'il était aubergiste à la campagne, voit arriver un jour une troupe brillante de chasseurs à cheval. C'est un grand seigneur et sa suite.
-- Holà, aubergiste, une collation ! Nous avons l'estomac vide.
Nasreddin leur prépare une omelette qu'ils mangent avec appétit.
-- Combien te dois-je ? demande le seigneur au moment de repartir.
-- Trente dinars, Excellence.
-- Par Allah ! Trente dinars pour une omelette ! Les œufs sont donc bien rares par ici.
-- Non, Excellence, ce ne sont pas les œufs qui sont rares par ici, ce sont les gens riches.

On ne le dérange pas pour rien
Nasr Eddin est confortablement installé à l'ombre sur le toit en terrasse de sa petite maison. La température y est très douce et il compte bien paresser là jusqu'au soir.
Soudain il est tiré de sa torpeur par une voix :

-- Eh ! Nasr Eddin ! Es-tu là ? Nasr Eddin, viens voir un peu en bas.

Nasr Eddin se garde bien de répondre à cet importun.

-- Oh ! Hodja ! Je sais bien que tu es là-haut. Descends, j'ai une question importante à te poser.

Au bout de plusieurs appels, Nasr Eddin finit par se lever à grand-peine. Il descend et trouve devant l'entrée un mendiant qu'il connaît.

-- Nasr Eddin, j'ai une question à te poser.

-- Eh bien, pose ta question.

-- As-tu une pièce à me donner ?

-- Ah, par Allah, quel malin tu fais ! Tu le sais bien, qu'on ne me dérange jamais pour rien ! Allez, monte avec moi.

Et ils grimpent tous les deux jusqu'au faîte de la maison.

-- Maintenant, lui dit Nasr Eddin, je vais te donner ma réponse : non.

Opposé

On demanda à Nasreddin Hodja :

-- Où est ton nez ?

Nasreddin montra sa nuque.

— Mais Hodja, nous t'avons demandé de nous montrer ton nez et tu nous montres ta nuque. Qu'est-ce que cela signifie ?

-- Je sais très bien que je vous ai montré ma nuque. Mais à quoi sert de connaître le nom d'un objet si on ne connaît pas également son opposé ?

L'oreille

Deux hommes vinrent consulter Nasreddin Hodja alors qu'il était magistrat. Le premier homme dit :
-- Cet homme m'a mordu l'oreille. J'exige un dédommagement.
-- Il se l'est mordue lui-même, protesta le second.
Nasreddin se retira et passa une heure à essayer de se mordre l'oreille. En vain, il ne réussit qu'à se faire une bosse au front en tombant. De retour dans la salle du tribunal, Nasreddin prononça la sentence :
-- Examinez l'homme dont l'oreille a été mordue. S'il a une bosse au front, il l'a fait lui-même et la plainte est écartée. Si son front n'est pas contusionné, c'est l'autre homme qui l'a fait et il doit payer une amende.

Ote ta patte

A la fête du village, un homme, sans le faire exprès, écrasa le pied de Nasreddin Hodja. Celui-ci se retourna et demanda à l'inconnu :
-- Es-tu par hasard parent de Timour Leng ?
-- Non.
-- Peut-être as-tu quelque parenté avec le vizir ?
-- Pas plus.
-- Avec le maire alors, ou le gendarme ?
-- Non.
Alors, indigné, Nasreddin éclata :

-- Dans ce cas, espèce d'animal, ôte ta patte de mon pied !

L'ouïe fine

Un jour que Timour Leng s'ennuie :

-- Nasr Eddin, dit-il à son familier, j'ai envie d'entendre de la musique. Va chercher un instrument et joue-moi quelque chose.

-- Ô seigneur du monde, est-il quelque chose que je ne ferais pas pour te divertir ? acquiesce l'autre.

Et il apporte un oud, s'assied sur le tapis et se concentre, puis il attaque un morceau, entendez qu'il déplace les doigts de la main gauche sur le manche, tandis que de la main droite, il fait le geste de gratter les cordes, mais sans même les effleurer.

Au bout d'un moment, Timour s'impatiente :

-- Allons, Nasr Eddin, assez de préparation. Joue maintenant.

-- Mais je joue, mon maître, je joue. Seulement, je joue très doucement.

-- Trop doucement, on n'entend rien !

-- C'est à cause du moucheron. Ne l'entends-tu pas bourdonner là-haut ? C'est lui qui couvre le son de mon instrument.

-- Je ne l'entends pas non plus.

-- Dans ce cas, conclut Nasr Eddin en se levant, inutile que je continue. Tu n'as pas l'ouïe assez fine pour ma musique.

Le pain
Des gardes viennent arrêter Nasreddin Hodja. Le sultan veut le confronter avec les sages les plus éminents du pays, qui l'accusent d'hérésie. Pour sa défense, Hodja demande qu'on donne de quoi écrire aux savants. Il les invite à répondre par écrit à une seule question : « Qu'est-ce qu'un pain ? »
Puis il lit les réponses à l'assemblée :
-- Pour le juriste, le pain est une nourriture. Pour le physicien, c'est de la farine et de l'eau. Pour le théologien, un don du Ciel.
Pour le géographe, une pâte cuite. Pour le philosophe : cela dépend de ce qu'on entend par "pain". Pour le médecin, c'est une substance nutritive. Enfin, pour l'historien, personne ne sait ce que c'est.

Puis il se tourne vers le sultan et dit :
-- Seigneur, ils sont incapables de se mettre d'accord pour définir une chose qu'ils mangent tous les jours. Comment pourraient-ils décréter d'un commun accord que je suis un hérétique ?

Le panier
Un jour Nasreddin Hodja grimpa sur un escabeau pour prendre quelques oignons dans un panier posé sur une étagère de la cuisine. A cause d'un geste maladroit, le panier bascula et Nasreddin reçut les oignons sur la tête.

Fort en colère en voyant tout par terre, Nasreddin commença à donner des coups de pied dans le panier. Dans un rebond, l'anse frappa brutalement le mollet du Hodja qui se mit à hurler de plus belle en redoublant de coups de pieds encore plus violents dans le panier.
Celui-ci se mit à rebondir encore plus haut et Nasreddin le reçut en pleine tête. Mis hors de lui, le Hodja se précipita dans sa chambre, s'empara de son cimeterre et revint à la cuisine en hurlant :
-- Fils de chien, montre-toi et voyons qui est le plus fort !

Panne d'idée
Pendant le ramadan, Nasreddin Hodja était monté en chaire pour prendre la parole devant les fidèles. Mais ce jour-là, il manqua d'inspiration et resta muet. L'assemblée commençait à s'impatienter. Alors il leur dit :
-- Vous connaissez mon éloquence, mais bizarrement, aujourd'hui rien ne me vient à l'esprit.
Son fils qui était présent se leva et s'adressant à son père :
-- Aucune idée ne te vient à l'esprit, même pas celle de descendre de là ?
Nasreddin accusa le coup et trop heureux, descendit du *minbar* et s'en alla.

Paresseux
Le fils de Nasreddin Hodja, qui étudiait à Konya, écrivit à son père : « Cher papa, je prie pour toi quatre fois par

jour… »
Les bons musulmans priant cinq fois par jour, Nasreddin soupira :
-- Quel paresseux ! Il se lève toujours aussi tard le matin !

Le pari
Le jeune Nasreddin avait parié avec ses camarades qu'il monterait en haut d'un fort grand arbre.
Après avoir empoché l'argent, il dit :
-- Apportez-moi donc une échelle.
-- Pas question, protestèrent les autres.
-- Il n'a jamais été convenu que je monterais sans échelle.

Le pari avec le sultan
Nasreddine organisait des fêtes formidables chaque semaine. Le Sultan jaloux, le fit appeler. Quand il le reçut, il lui demanda :
-- Nasreddine, comment fais-tu pour organiser de si belles fêtes ?
-- Eh bien.je parie. Et je gagne toujours.
-- Ah oui ? D'accord. Veux-tu parier avec moi pour dix dinars ?
-- D'accord. Parions que…que demain, tu te réveilleras avec un tatouage sur la fesse gauche.
-- Un tatouage ? D'accord, mais cela est impossible.
Le lendemain matin, dans la chambre du Sultan :

-- Nasreddine, tu t'es trompé, il n'y a aucun tatouage sur ma fesse.
-- Montre-moi, je veux en être sûr.
Alors, le Sultan baisse rapidement son pantalon.
-- Tu vois, tu as perdu.
Nasreddine accepta sa défaite de bon coeur.
Le soir même, Nasreddine organisa une fête, encore plus grande que la précédente. Le Sultan, furieux, appela Nasreddine et lui hurla :
-- COMMENT AS-TU ORGANISE CETTE FETE ?
-- Eh bien, je parie... et je gagne.
-- C'est faux ! J'ai parié avec toi et tu as perdu !
-- Mais j'avais aussi parié avec le vizir...
-- Ah oui ? Et qu'as-tu parié ?
-- Eh bien... J'ai parié que s'il se cachait dans ta chambre, il te verrait me montrer tes fesses !

La parole
Quelqu'un demanda à Nasreddin :
-- Quel âge as-tu ?
-- Quarante ans.
Dix ans passèrent. La même personne l'interrogea à nouveau :
-- Quel âge as-tu ?
Nasreddin répondit :
-- Quarante.
-- Il y a dix ans tu m'as répondu de même. Comment est-ce

possible que tu aies encore quarante ans ?
-- Mon cher, dit Nasreddin, je suis un homme de parole. Quelqu'un qui se respecte doit respecter la parole donnée et non pas changer continuellement. Si tu me poses la même question dans trente ans, je te répondrai encore quarante.

La parole de l'âne

-- Nasr Eddin, vient un jour lui demander un paysan qui avait autrefois témoigné pour lui dans un procès, veux-tu me prêter ton âne ? Je dois porter mon grain chez le meunier.
-- Par Allah ! Tu n'as pas de chance. Je viens justement de le prêter à quelqu'un d'autre.
À ces mots, l'âne de Nasr Eddin, qui n'en est pas à sa première bévue, se met à braire stupidement derrière la porte de l'étable.
-- Hé ! Hodja, je n'ai pas d'oreilles aussi grandes que lui mais ce que j'ai entendu, je l'ai entendu ! Tu m'as menti.
Nasr Eddin devient rouge de colère :
-- Va-t'en d'ici gredin ! Si tu crois plus la parole de mon âne que la mienne, nous n'avons rien à faire ensemble !

Partage

Des gamins se chamaillaient à propos d'un partage de noix. Nasreddin Hodja, qui passait par là, leur demanda la raison de cette dispute. Après quoi, les enfants le prièrent

de répartir lui-même les noix.
-- Comment désirez-vous le partage, interrogea-t-il. Selon la loi divine ou selon la loi des hommes ?
Selon la loi divine, déclarèrent-ils en chœur.
Nasreddin donna quelques noix à l'un, une poignée à l'autre, trois à celui-ci, deux à celui-là, etc.
-- Hodja, protestèrent les enfants, ce n'est pas juste !
-- C'est là le partage selon la loi divine, répondit-il. Beaucoup aux uns, peu aux autres. Si vous m'aviez demandé le partage selon la loi des hommes, c'eut été différent !

La partie de chasse
Un jour, Timour Leng fit appeler Nasreddin Hodja pour une partie de javelot. Celui-ci, au lieu d'arriver à cheval, se présenta sur un vieux bœuf. On imagine les rires des spectateurs.
-- Qu'est-ce que cela ? Est-il possible de jouer avec un animal aussi vieux et aussi lent ? dit Tamerlan.
-- Tu as raison, Monseigneur, répondit Nasreddin, mais quand ce quadrupède était un veau, il courait comme une jument et l'on n'arrivait pas à l'attraper. Voilà dix ans que je ne l'ai pas essayé !

Le paysan idiot
Nasreddin Hodja avait pour mission d'apporter dix oies à

une personne du village voisin et de lui remettre, en mains propre, la lettre d'accompa--gnement. Avant de partir, il dit à sa femme :
-- Prend une de ces oies et cuisine-la pour le repas.
Arrivé au village, il donna la lettre et les oies que le destinataire se mit à compter.
-- Il n'y en a que neuf, tu devais m'en remettre dix.
Mais Nasreddin soutenait qu'il y en avait bien dix. Agacé, l'homme dit :
-- Je vais appeler dix hommes et donner une oie à chacun. Ainsi nous saurons s'il y en a neuf ou dix.
La distribution terminée, un paysan n'avait évidemment pas d'oie.
-- Tu as constaté, Hodja. Il y en a neuf.
-- Mais pas du tout, renchérit Nasreddin. J'ai seulement constaté que cet idiot de dixième paysan n'a pas été capable de prendre son oie et l'a laissée s'échapper.

La peau de l'ours
Le bruit du choc de la hache de Nasreddin Hodja résonnait dans la forêt. Le silence s'installa dès que Nasreddin s'arrêta pour se reposer. Soudain, Nasreddin sursauta et fut debout. Quel était ce craquement, sous les brindilles, non loin de ses pieds ? Ce n'était pas les pas d'un écureuil, d'un lapin ou d'un renard. Nasreddin observa attentivement l'endroit d'où venait le bruit.
Le craquement devenait plus proche et plus fort. Il aperçut

une fourrure noire qui se déplaçait, puis quatre pieds rigides se dodelinant maladroitement et venant vers lui, un museau noir luisant entre des yeux perçants ! Le plus grand ours que Nasreddin n'ait jamais vu de toute sa vie de bûcheron ! Nasreddin courut vers l'arbre le plus proche, un poirier sauvage, et il y grimpa tant bien que mal, encore plus prestement que quand il était enfant. Plus l'ours se rapprochait, plus il semblait grand. Il vint s'installer juste sous l'arbre où Nasreddin s'était réfugié. L'ours bailla et s'étira. Il bailla de nouveau. Puis il s'étendit sur le sol, grogna et s'assoupit, fermant les yeux.
-- Ne me fais pas une telle blague, pensa Nasreddin. Tu feins de dormir mais tu attends juste que je descende pour te précipiter sur moi.
Nasreddin s'est accroché à la branche, les yeux fixés sur l'ours. Il s'attendait à tout moment à ce que ce dernier lui saute dessus. Il voulut s'élever plus haut dans l'arbre, mais avait peur de faire du bruit et de donner ainsi l'alarme. Alors l'ours frémit et se détendit, puis respira bruyamment en émettant un ronflement sonore.
-- Tu sembles endormi ! chuchota Nasreddin, pas du tout certain d'oser croire ce qu'il voyait.
Puis, à l'épouvante de Nasreddin, l'ours se dressa sur ses pattes de derrière et posa ses grandes griffes sur le tronc de l'arbre où le hodja était accroché. Il se mit à renifler voracement, jusqu'à ce qu'il trouve ce qu'il cherchait : une poire sauvage bien juteuse.

Mangeant et montant, l'ours parvint presque en haut de l'arbre. Tremblant de peur, Nasreddin atteignit la branche la plus haute qui pourrait probablement supporter son poids. Si seulement l'ours se contentait de ne pas aller plus haut ! Il reniflait chaque poire à sa portée et l'engloutissait jusqu'à ce que ses grandes lèvres soient tout près de la bouche du mollah. Essayait-il de partager les poires avec lui ?
-- Non, merci ! cria Nasreddin, essayant d'être poli. Même dans une telle situation, je ne m'intéresse pas aux poires, je n'en mange jamais, non, jamais !

Soudain, on entendit des cris perçants venant du branchage proche. Avec un hurlement terrifié, l'ours perdit l'équilibre et tomba à travers les branches. Il y eut un bruit sourd quand il atteignit le sol, puis le silence. Un silence bienvenu. Nasreddin passa le reste de la nuit à essayer de rejoindre lentement et progressivement le sol.
Après chaque mouvement, il attendait, pour être sûr que l'ours soit sans vie. Le matin, Nasreddin avait atteint la branche la plus basse du poirier. Il sauta maladroitement de cette branche. Il commença à se diriger, en boitant, vers sa maison, en pensant au petit déjeuner qui l'attendait et à l'histoire qu'il allait raconter. Cependant, plus il s'imaginait le véritable récit de sa nuit de tourment, plus il estimait qu'il n'y aurait aucune gloire à en tirer. Soudain un sourire apparut sur son visage fatigué. Il est revenu en

courant vers le poirier, a sorti son couteau et dépeça l'ours. L'épaisse fourrure noire sur ses épaules, il marcha à grands pas, en chantant, vers Aksehir. Il n'entra pas en ville par la petite porte, plus proche de sa maison, mais contourna la muraille pour entrer par la porte principale, près de la place du marché, parcourant les rues animées, l'une après l'autre, jusqu'à ce que tout Aksehir sache que Nasreddin Hodja était un grand et courageux chasseur, qui avait tué, à mains nues, un énorme et féroce ours noir.

La perle bleue
Nasreddin Hodja avait deux femmes. Il donna, séparément et dans le plus grand secret, une perle bleue à chacune, en lui recommandant de n'en rien dire à l'autre.
Un jour, elles lui demandèrent laquelle était sa préférée. Alors Hodja répondit :
-- Ma préférée est celle qui possède la perle bleue.

Les perroquets
Au marché, un perroquet venait d'être vendu dix pièces d'or. Nasreddin Hodja, qui avait assisté à la vente, se précipita chez lui, prit son dindon et s'en retourna au marché avec la prétention d'en tirer dix pièces d'or également.
Les gens se mirent à rire.
-- Mais tu es fou, il est impossible de vendre un dindon dix pièces d'or !

-- Qu'en savez-vous ? Un volatile dix fois plus petit vient d'être vendu à ce prix, vous étiez témoins.
-- Mais, Hodja, c'était un perroquet. Et ça parle, un perroquet !
-- Eh bien ! Si l'autre parle, celui-ci contemple !

Petite ou grande
Un ami demanda à Nasreddin Hodja quand viendrait la fin du monde.
-- Laquelle ? La petite ou la grande ?
-- Mais, Hodja, combien, y a-t-il de fins du monde ?
-- Mon cher, il y en a deux : le petite quand mourra ma femme, et la grande quand je mourrai, moi.

Le plaignant
Un plaignant était venu trouver Nasreddin Hodja, qui était alors Cadi.
-- J'ai fait un travail pour quelqu'un, je lui ai demandé combien il me paierait, et il m'a répondu « rien ». A présent, j'ai terminé le travail et il ne veut rien me donner. Aide-moi.
Après avoir réfléchi Nasreddin lui dit :
-- Soulève l'ourlet du tapis.
L'homme s'exécuta.
-- Qu'as-tu trouvé ?
-- Rien.
-- Bien. Alors prends ton rien et va-t'en.

Pluie divine
Il tombait des cordes. Nasreddin Hodja, à la fenêtre, regardait le spectacle. Un ami passa, qui courait en protégeant sa tête de son manteau. Nasreddin lui cria :
-- N'as-tu pas honte de fuir ainsi ce bienfait qui descend du ciel ?
Le pauvre homme, interdit, ralentit sa course et arriva chez lui trempé.
A quelques temps de là, il pleuvait autant et Nasreddin courait vers sa maison pour éviter d'être mouillé. Alors l'ami, qui lui était à sa fenêtre ce jour-là, cria :
-- N'as-tu pas honte, Hodja de fuir ce présent de l'au-delà ?
Sans s'arrêter, Nasreddin répliqua :
-- Je ne fuis pas, j'essaie juste de ne pas piétiner cette pluie divine.

Le plus utile
On aimait bien embarrasser Nasreddin Hodja avec des questions oiseuses ou carrément impossibles à résoudre. Un jour, on lui demanda :
-- Nasreddin, toi qui es versé dans les sciences et les mystères, dis-nous quel est le plus utile du soleil ou de la lune.
-- La lune, sans aucun doute. Elle éclaire quand il fait nuit, alors que ce stupide soleil luit quand il fait déjà jour.

Poivre et sel

Chez le coiffeur un ami demanda au Hodja :
-- Pourquoi ta moustache reste-t-elle noire alors que tes cheveux sont déjà blancs ?
-- Rien d'étonnant. Mes cheveux ont vingt-cinq ans de plus que ma moustache !

La ponte
Quelques chenapans décident de tourner Nasr Eddin en ridicule, en lui jouant un bon tour au hammam. Ils commencent par se munir discrètement d'un œuf chacun et, tandis que le Hodja se lave dans son coin à grands coups de bassines d'eau chaude, l'un des jeunes gens propose un jeu :
-- Nous allons jouer à celui qui pondra. Le gage, si on n'y arrive pas, sera de se mettre tout nu devant tout le monde.
Les compères entreprennent alors de tortiller du croupion en gloussant comme des poules, et chacun pond son œuf.
Aussitôt, Nasr Eddin, laissant tomber son pagne, et poussé par un désir sans équivoque, se lance à la poursuite des garçons. Ceux-ci, à la fois effrayés et scandalisés, poussent les hauts cris :
-- Nasr Eddin, as-tu perdu la tête ? Ô Protecteur de la Vertu, assiste-nous !
-- Allons, mes cocottes, calmons-nous ! s'exclame alors le Hodja. Comment pourrez-vous pondre encore une fois si vous ne laissez pas le coq vous monter ?

Le potage

En voyant sa femme pleurer sans aucune raison, Nasreddin Hodja lui demanda :
-- Que t'est-il arrivé ?
Sa femme, séchant ses larmes, lui répondit :
— Je me suis souvenu de ma pauvre mère. Elle aimait tellement ce potage. C'est elle qui m'a appris à le faire.
Nasreddin connaissait sa belle-mère et avait beaucoup de respect pour elle. Donc il n'a rien dit. Il a pris une cuillerée de potage et l'a avalée. Ses yeux se sont alors remplis de larmes.
-- Qu'est-ce qui se passe ? lui dit sa femme. Pourquoi pleures-tu ainsi ?
-- Je pleure, dit Nasreddin, parce que c'est toi qui aurais dû être morte au lieu de ta pauvre mère.

La poule

Nasreddin Hodja avait une belle poule noire qu'il décida de vendre au marché. L'affaire était presque conclue, lorsque le futur acheteur lui dit :
-- Ta poule est belle, je l'aurais achetée volontiers, malheureusement elle n'est pas blanche.
Nasreddin qui ne voulait pas rater la vente, lui dit d'attendre un moment. Il partit et se mit à laver la pauvre bête, croyant la rendre blanche. A la fin de l'opération, elle était encore noire et plus brillante.
Résigné, il soupira :

-- Celui qui l'a peinte, il a mis la dose !

Les poules pondeuses

Pendant des semaines, les garçons d'Aksehir avaient réfléchi à la manière de jouer un tour à leur bon ami Nasreddin Hodja. Ils avaient essayé à plusieurs reprises, mais à chaque fois, le tour s'était retourné contre eux. Enfin ils mirent au point un plan qui ne pourrait pas échouer. Du moins il ne pourrait échouer que si Nasreddin oubliait d'aller au bain. Finalement, est arrivé le jour où ce dernier devait aller au hammam.

Une demi-douzaine de garçons rejoignit Nasreddin juste avant qu'il n'ait atteint la porte du hammam. Ils parlèrent de diverses choses, juste pour ne pas paraître impatients d'appliquer leur plan.

-- J'ai une idée ! dit Djamal, une merveilleuse idée ! Feignons d'être un troupeau de poules. Celui qui ne pond pas un œuf dans le bain devra payer le bain pour tous.

Excellente idée ! Les garçons furent peut-être trop rapides à accepter un plan si étrange.

-- Donc vous pensez que vous pouvez pondre des œufs ? leur demanda Nasreddin,

-- Bien sûr ! Confirmèrent les garçons, essayant de ne pas pouffer de rire. Voulez-vous vous joindre à nous pour ce jeu, Nasreddin Hodja?

-- Sûrement je souhaite être un des vôtres, répondit Nasreddin qui ne pouvait deviner de quoi il s'agissait, mais qui n'avait pas l'intention de se laisser berner par n'importe qui.

Alors qu'ils se déshabillaient, le mollah remarqua que les garçons étaient plus lents et plus maladroits que d'habitude. Il fut prêt le premier et entra dans le hammam. Les garçons le rejoignirent, s'accroupissant à côté de lui. Soudain un des garçons entama un chant étrange :

— Cot-cot-cot…!

Le garçon agitait ses bras et sautait sur ses pieds. Il indiqua la pierre chaude où se trouvait un œuf blanc bien lisse. Avant que Nasreddin n'ait eu le temps de réagir, un deuxième garçon commença le même manège et indiqua un œuf blanc et lisse sur la pierre où il s'était accroupi. L'un après l'autre, les garçons caquetèrent, agitèrent leurs bras et sautèrent, jusqu'à ce qu'ils aient chacun leur œuf. Nasreddin se souvint qu'ils avaient une main fermée quand ils se sont accroupis à côté de lui. Leurs mains étaient maintenant grandes ouvertes.

-- A votre tour maintenant, Effendi, dirent-ils, en poussant des cris aigus. Montrez-nous quelle bonne pondeuse vous êtes ou alors payez pour le bain pour tous.

Nasreddin regarda les œufs, puis les garçons. Il regarda autour du hammam. Alors il sauta sur un banc, tendit son cou comme s'il essayait de toucher le plafond avec sa tête, agita ses bras et ouvrit largement sa bouche.

Le tonitruant ''Cocorico ! Cocorico !'' poussé par Nasreddin se répercuta sous la voûte surchauffée. Alors il

sauta calmement de son perchoir, revint à sa place et dit aux garçons :
-- Dans une basse-cour avec des poules aussi bonnes pondeuses, vous devez avoir au moins un bon coq.
Et chacun paya pour son propre bain.

Le pourboire

Nasreddin Hodja se rendait au bain. Il y avait beaucoup de monde, les serviteurs tardaient à s'occuper de lui. Finalement, ils lui donnèrent une serviette usagée, un ridicule bout de savon et le laissèrent seul. Il n'eut même pas droit à une friction. A la sortie, d'un geste de grand seigneur, il donna une pièce d'or à chaque serviteur.
Un peu plus tard, il retourna dans le même établissement. Il y fut accueilli le mieux du monde. Il eut droit aux plus belles serviettes, au savon parfumé, on l'installa dans la pièce la plus agréable, on le massa, etc.
Alors qu'il se dirigeait vers la sortie, les serviteurs, espérant un pourboire plus important que la fois précédente, s'alignèrent et se prosternèrent jusqu'à terre. Au lieu de cela, il leur donna une toute petite piécette. Devant leur étonnement, il précisa :
-- Ce pourboire, c'est pour la fois passée. Les pièces d'or de la fois dernière, c'était pour aujourd'hui.

Pourquoi tu ris ?

Un usurier vint un jour déclarer sans ménagement à

Nasreddin Hodja :
-- Quand me paieras-tu ? Tu sais que nous aussi sommes de pauvres gens.
Nasreddin répondit avec son calme habituel :
-- Ne te préoccupe pas, j'ai trouvé le moyen de payer ma dette.
-- Lequel ?
-- Je planterai des ronces de chaque côté de la route. Les moutons en passant s'y frotteront et y laisseront leur laine. Nous la ramasserons et irons la vendre au marché. Avec cet argent nous te rembourserons.
Le créancier, qui n'était pas dupe, fut pris d'un éclat de rire. Voyant cela, Hodja continua :
-- Inconscient ! Pourquoi ris-tu quand je promets de te rembourser ?

Pouvoir magique
Nasreddin se vantait de son pouvoir magique :
-- Ma foi est tellement grande que si je dis aux pierres, à un arbre, de venir ici, ils viendront.
Quelqu'un lui répliqua :
-- Tu nous racontes des histoires.
-- Pas du tout. Si je dis à ce chêne de venir immédiatement ici, il viendra.
Ses amis lui demandèrent de s'exécuter. Se tournant vers l'arbre, il ordonna :
-- Viens ici.

Naturellement, l'arbre ne bougea point.
-- Mes chers amis, dit alors Nasreddin, notre religion nous enseigne la modestie. Si le chêne ne vient pas à nous, nous pouvons aller au chêne.

La préférée
Nasreddin Hodja avait deux femmes, l'une vieille et laide, l'autre jeune et belle. Elles lui posèrent un jour cette question :
-- Laquelle de nous deux préfères-tu ?
Le pauvre Nasreddin, embarrassé, répondit qu'il les aimait toutes les deux. Mais elles insistèrent :
-- Si nous étions sur une barque et que nous tombions à l'eau, laquelle sauverais-tu ?
A son habitude, il trouva la réponse appropriée. S'adressant à la femme âgée, il dit :
-- Toi tu sais nager, n'est-ce pas ?

La prière
Un jour, Nasreddin Hodja monta sur son âne et se mit en chemin pour un village inconnu. Ses amis lui demandent :
-- Où vas-tu ?
-- Je vais à la prière du vendredi.
-- Mais nous ne sommes que mardi !
-- Je sais bien, mais avec cet animal capricieux, je ne sais pas si j'arriverai à temps pour la prière du vendredi !

Les prières
La femme de Nasreddin Hodja se lamentait :
-- Regarde l'imam, quand il voit sa femme, il récite les plus belles prières du matin, alors que toi, non seulement tu ne récites pas la prière du matin, mais qui plus est, tu marmonnes la prière des morts.
La femme de l'imam était belle, agréable ; celle de Nasreddin vilaine et acariâtre. Sans réfléchir il répondit :
-- Tu as raison, si j'avais une femme comme celle de l'imam, je réciterais les plus belles prières du matin et même toutes les prières que je connais.

Les prières maternelles
Alors qu'il était jeune, la mère de Nasreddin Hodja l'avait placé comme apprenti chez un tailleur. Pendant deux ans elle lui envoya la somme nécessaire à son entretien. Puis elle alla le voir et lui demanda :
-- Parle-moi un peu de ton métier.
-- Eh bien, mère, grâce à tes prières, j'ai appris la moitié du métier. A présent, j'arrive à découdre ce qui est déjà cousu.
Devant l'étonnement de sa mère, il ajouta :
-- Continue à prier et j'apprendrai aussi à coudre.

Le prix des leçons
Il y a profit à apprendre quelque chose de nouveau, se dit Nasreddin. Il va donc trouver un maître de musique :
-- Je veux apprendre à jouer du luth. Combien cela me

coûtera-t-il ?
-- Pour le premier mois, trois pièces d'argent. Ensuite, une pièce d'argent par mois.
-- Parfait ! Je commencerai le deuxième mois.

Puissance

On demanda à Nasreddin Hodja :
-- Qui est le plus puissant ? Le roi ou le paysan ?
-- Le paysan.
-- Pourquoi ?
-- Parce que si le paysan n'existait pas, le roi mourrait de faim.

Une question difficile

Le jour de l'examen final est arrivé à la medersa de Konya où Nasr Eddin a étudié, et c'est à son tour d'être interrogé.
-- Que préfères-tu, lui demande le président du jury, une seule question difficile ou deux faciles ?
-- Une question difficile, répond sans hésiter le candidat.
-- C'est tout à ton honneur. Écoute bien la question : Comment est venu le premier homme sur Terre ?
-- En sortant du ventre de sa mère, bien sûr !
-- Certainement, mais sa mère, d'où venait-elle ?
-- C'est une deuxième question ; je ne suis pas tenu d'y répondre.

La queue de l'âne

Un jour, Nasreddin Hodja amena son âne au marché pour le vendre. Voyant qu'il avait la queue sale, il la coupa.

Au bout d'un moment, il rencontra quelqu'un intéressé par l'animal. L'affaire allait être conclue, quand l'homme remarqua que l'âne n'avait pas de queue. Il s'en étonna. Nasreddin, qui avait conservé la queue dans son sac, lui dit :

-- Mettons-nous d'accord sur le prix et tu auras la queue en prime.

Raison

Nasreddin Hodja était alors Cadi à Aksehir. Un homme vint se plaindre de quelqu'un. Après l'avoir écouté attentivement, Nasreddin dit :

-- Tu as raison.

L'autre arriva ensuite, qui lui raconta son histoire à sa façon, et demanda :

-- N'ai-je pas raison ?

-- Si, toi aussi tu as raison.

Sa femme qui avait tout entendu lui reprocha :

-- Quelle est cette justice ? Un Cadi qui donne raison à l'un et à l'autre ?

Après avoir réfléchi un instant, Nasreddin répondit :

-- Femme, toi aussi tu as raison !

Raison de ma femme

Un jour, un ami dit à Nasreddin Hodja :
-- Ta femme a perdu la raison.
Nasreddin restait songeur. Alors l'ami :
-- A quoi penses-tu ?
-- Ma femme n'a jamais eu de raison. Je me demande ce qu'elle a bien pu perdre.

La raison du plus fort
Nasreddin Hodja eut besoin de traverser la mer de Marmara. Il prit donc le bateau, mais juste au milieu de la traversée, une grande tempête se leva et le bateau se mit à couler. Tous les passagers et les membres d'équipage se mirent à écoper pour essayer de maintenir le bateau à flots. Cependant, parmi la foule, il se trouva un homme qui, à la consternation générale, prenait l'eau dans la mer pour la jeter dans le bateau : l'inévitable Nasreddin Hodja.
Le capitaine se précipita vers lui en l'injuriant, en l'accusant de vouloir tous les tuer, mais Nasreddin ne se départit pas de son calme. Il expliqua au capitaine qu'il se contentait de suivre le conseil que sa mère lui répétait tout le temps : toujours se mettre du côté du plus fort...

Ramadan
Le jeûne du musulman, le ramadan, dure trente jours. Cette année-là, pour compter les jours, Nasreddin Hodja décida de mettre un caillou dans une jarre chaque soir. Sa jeune fille, croyant à un jeu, mit un beau matin à l'insu de

son père une poignée de cailloux dans le récipient.
Le vingt-cinquième jour du mois, des fidèles demandèrent à Nasreddin où l'on en était du jeûne.
-- Un moment, leur dit-il.
Il alla chez lui, renversa la jarre et se mit à compter. Il y avait 125 cailloux. Il recompta…toujours 125 !
Il décida de donner un chiffre plus raisonnable. Arrivé devant les fidèles, il leur déclara :
-- Aujourd'hui nous sommes le quarante-cinquième jour du ramadan.
Ils éclatèrent tous de rire.
-- Comment est-ce possible ? Un mois dure trente jours !
Nasreddin bredouilla :
-- Et encore, je suis modeste. D'après le compte de ma jarre, nous en serions au cent-vingt-cinquième jour.

La recette

Nasreddin Hodja revenait du marché et rapportait du foie. En chemin, il rencontra un ami qui lui proposa de lui donner une recette pour l'accommoder. Il l'écrivit aussitôt sur un morceau de papier.
Il poursuivait son chemin, tout heureux, quand un faucon fonça sur lui et enleva le morceau de foie qu'il tenait à la main.
Ahuri, Nasreddin se ressaisit, puis brandissant son bout de papier, il cria à l'oiseau :
-- Tu ne te régaleras pas, car la recette, c'est moi qui l'ai !

Remboursement

Un jour, Nasreddin Hodja décida de vendre un sac d'olives. Une femme lui demanda combien il en voulait et trouva le prix indiqué trop élevé.
Nasreddin qui n'avait pas un sou en poche et ne voulait pas perdre la cliente lui dit :
-- Goûtes-en une, au moins !
-- Je voudrais bien les acheter, mais je n'ai pas d'argent sur moi.
Nasreddin lui proposa :
-- Peu importe que tu ne paies pas tout de suite, mais goûtes-en d'autres.
-- Je ne peux pas, aujourd'hui je jeûne. Il y a trois ans, pendant le ramadan, j'ai interrompu le jeûne, et à présent je dois payer ma dette.
-- J'ai compris, je ne te retiens pas. Comment celui qui s'acquitte avec tant de retard de sa dette envers Dieu peut-il régler rapidement une dette envers un simple serviteur de Dieu ?

La réponse d'Allah

La vache de Nasr Eddin est morte et il a déjà passé deux jours à prier sur le cadavre. L'imam alerté par les voisins trouve la chose inconvenante et même sacrilège.
-- Hodja, que fais-tu ? Tout le village est choqué par ton comportement.
-- Pourquoi donc ? Quel mal y a-t-il donc à prier Allah le

Tout-Puissant et le Tout-Miséricordieux pour qu'Il me ressuscite ma bête ?
-- Et tu crois qu'Il va te répondre ?
-- Ton manque de foi m'étonne, imam. Tu devrais savoir qu'Allah répond toujours quand on L'appelle sincèrement.
L'imam, décontenancé, s'en va mais quand il revient le lendemain il trouve le Hodja prostré dans un coin de l'étable.
-- Alors, Nasr Eddin, Allah t'a-t-Il répondu ?
-- Oui. C'est non.

La réponse de l'âne
Un voisin était venu demander à Nasreddin Hodja de lui prêter son âne. Celui-ci, qui n'en avait nullement l'intention, lui dit :
-- Je vais lui demander son avis.
Il revint un instant plus tard
-- Je regrette, il ne veut pas venir.
-- Et pourquoi donc ?
-- Mon cher ami, l'âne m'a répondu : si je vais chez un étranger, non seulement il me battra, mais il dira du mal de toi. Alors c'est impossible !

Rien mangé
Par un jour de grand vent, Nasreddin Hodja, assis son âne, eut faim tout à coup. Le pays qu'il traversait était réputé pour sa farine grillée. Il en acheta un peu. Chemin faisant,

il prenait de la farine du sachet et essayait de la porter à sa bouche. Mais le vent était si fort qu'à chaque fois il emportait la farine. Arrivé chez lui, le sachet était vide et Nasreddin n'avait rien mangé. Alors qu'il tentait de porter à sa bouche l'ultime poignée, un ami lui demanda ce qu'il mangeait :
-- Mon cher, à la vérité je ne mange rien.

Le rossignol
Le jeune Nasreddin Hodja entra un jour dans un verger, attiré par de magnifiques abricots. Il grimpa dans l'arbre et commença à manger avidement. Le propriétaire survint et lui demanda :
-- Que fais-tu là-haut ?
Nasreddin fit la sourde oreille. Comme l'homme insistait, il répondit innocemment :
-- Je suis un rossignol qui chante.
-- Eh bien, chante alors, je t'écoute.
Nasreddin commença à émettre des sons étranges. L'autre éclata de rire.
-- Les rossignols ne chantent quand même pas ainsi !
Avec un certain aplomb, Nasreddin répondit :
-- Un rossignol novice ne peut chanter autrement !

Le sac
Nasreddin Hodja, en passant devant un potager, vit de magnifiques légumes. Comme il n'y avait personne, il

entra et se mit à ramasser choux, carottes, salades, tout ce qui lui tombait sous la main, et en remplit son sac. Survint le propriétaire qui lui cria :
-- Que fais-tu là-bas ?
Surpris, Nasreddin balbutia :
-- Une terrible tempête m'a projeté jusqu'ici.
-- D'accord, mais qui a arraché tout cela ?
-- Je ne sais pas. La tempête était tellement forte qu'elle m'a poussé de tous côtés et pour ne pas me laisser emporter, j'ai dû me cramponner à ce qui se trouvait à portée de ma main.
-- Je veux bien admettre ce que tu dis, mais qui a mis tout dans le sac ?
Alors Nasreddin feignant l'idiotie :
-- Ah ça ! c'est aussi ce que je voudrais savoir !

Saisons

Nasreddin Hodja se plaignait de la chaleur étouffante à un ami :
-- Quelle chaleur ! Je n'en peux plus !
-- Hodja tu es un éternel insatisfait. En été tu te plains de la chaleur, en hiver tu te plains du froid. Sois cohérent !
Alors Nasreddin :
-- Est-ce que je me plains du printemps ?

Les sandales

Un jour que Nasreddin Hodja labourait son champ, une épine transperça sa sandale. La retirant avec difficulté il

murmura :
-- Heureusement qu'aujourd'hui j'avais mis mes vieilles sandales et non les neuves !

Santé
On demanda à Nasreddin Hodja :
-- Comment faire pour être toujours en bonne santé ?
Et lui :
-- Garder les pieds au chaud, la tête fraîche, et surtout ne jamais penser.

Le saule
Nasreddin Hodja venait de planter un saule pleureur devant sa maison. Comme il n'avait pas d'eau à portée de main pour l'arroser, il y pourvut par ses moyens naturels. Se tournant vers l'arbre, il lui dit :
-- Ne pleure pas, c'est là toute l'eau que peut te donner le pauvre Nasreddin.

Le savant
Nasreddin Hodja avait un bac qu'il utilisait pour faire traverser la rivière aux gens. Un jour son passager était un savant décidé à tester le savoir de Nasreddin et à lui donner une leçon.
-- Dites-moi, Nasreddin, comment orthographiez-vous le mot "magnificence" ?
-- Je ne sais pas, dit Nasreddin en continuant de ramer.

-- Combien font deux tiers de neuf ?
-- Aucune idée.
-- Comment calcule-t-on la surface d'un triangle ?
-- Pas la moindre idée.
-- Vous n'avez donc pas appris tout cela à l'école ?
-- Non !
-- Dans ce cas, la moitié de votre vie est perdue.

À ce moment même, une terrible tempête est survenue et la barque a commencé à couler. Les deux hommes se retrouvèrent à l'eau, assez loin l'un de l'autre.

-- Dites-moi, Monsieur le savant, dit Nasreddin. Avez-vous appris à nager ?
-- Non, jamais ! Dit le savant qui se débattait pour ne pas se noyer.
-- Dans ce cas, lui cria Nasreddin, ce n'est pas la moitié, mais c'est votre vie entière qui est perdue.

Le seau

Nasreddin Hodja et un de ses amis sont assis un soir au bord du lac d'Aksehir. L'homme a déjà entendu le Hodja soutenir bon nombre de paradoxes et même d'inepties et il commence à en avoir assez :

-- Enfin, Nasreddin, tu exagères! La réalité existe, tout de même.
-- Certes, concède le Hodja, mais elle est très relative ...
-- Pas du tout, elle est absolue !
-- Donne-moi un exemple d'une telle réalité, insiste

Nasreddin.

-- Eh bien, je ne sais pas ... Tiens, tu ne vas quand même pas prétendre qu'on pourrait mettre toute l'eau de ce lac immense dans un seau !

-- Eh bien, si, justement ! Cela dépend de la taille du seau.

Se lever tôt
Djeha faisait souvent la grasse matinée.
-- Tu devrais te lever plus tôt, lui conseilla son oncle.
-- Pourquoi?
-- Parce que cela porte chance. Un jour où je m'étais levé à l'aube, j'ai trouvé sur le chemin une bourse remplie d'or que quelqu'un venait de perdre.
-- Comment sais-tu quelle n'avait pas été perdue la veille au soir?
-- J'en suis sûr, car j'étais passé par là un peu avant minuit. C'était la pleine lune, je l'aurais vue.
-- Alors celui qui avait perdu sa bourse s'était levé encore plus tôt que toi.
-- Oui.
-- Se lever tôt ne porte donc pas chance à tout le monde, conclut Djeha.

Le Sermon
Nasr Eddin, un jour, est de passage dans une petite ville dont l'imam vient de mourir. Les habitants, prenant le voyageur pour un saint homme, lui demandent de

prononcer le sermon du vendredi. Il monte au *minbar* et interpelle la nombreuse assistance :
-- Chers frères, savez-vous de quoi je vais vous parler ?
-- Non, non, font les fidèles, nous ne le savons pas.
-- Comment ? s'écrie Nasr Eddin en colère, vous ne savez pas de quoi je vais vous parler dans ce lieu consacré à la prière ! Je n'ai rien à faire avec de tels mécréants.
Et le voilà qui descend de la chaire et quitte la mosquée.
Impressionnés par cette sortie qui les confirme dans leur conviction que l'homme est d'une grande piété, les gens s'empressent d'aller rattraper le Hodja et le supplient de revenir prêcher. Il remonte alors en chaire :
-- Chers frères, vous savez peut-être à présent de quoi je vais vous parler ?
-- Oui, oui, répondent en chœur les fidèles, nous le savons !
-- Fils de chiens ! tonne Nasr Eddin. Par deux fois, vous m'importunez pour que je prenne la parole, et vous prétendez savoir ce que je vais dire !
Il quitte alors de nouveau les lieux, laissant derrière lui l'assemblée stupéfaite : que faut-il donc répondre pour qu'un tel saint accepte de répandre ses lumières ?
Une des personnes de l'assistance propose que si la question est encore posée, les uns crient : " Oui, oui, nous le savons ! ", et les autres : " Non, non, nous ne le savons pas ! "
L'idée est retenue, et l'on court chercher le Hodja, qui monte au *minbar* pour la troisième fois :

-- Mes frères, savez-vous enfin de quoi je vais vous parler ?
-- Oui, oui, répondent certains, nous le savons !
-- Non, non, crient d'autres, nous ne le savons pas !
-- À la bonne heure, conclut Nasr Eddin. Dans ces conditions, que ceux qui savent le disent à ceux qui ne savent pas.

Le service rendu

Il était connu que Nasreddin Hodja tardait à rendre les services qu'on lui demandait.

Quand on l'interrogeait sur la raison de ce retard, il répondait :

-- C'est pour qu'on apprécie mieux quand je rends le service !

Si Dieu veut

Nasreddin Hodja était décidé à être plus entreprenant. Un jour, il dit à sa femme qu'il allait labourer son champ près de la rivière et qu'il serait de retour pour le dîner. Elle l'exhorta à dire "In shaa Allah" (si Dieu veut). Il lui répondit que c'était son intention, que Dieu veuille ou ne veuille pas. Horrifiée, sa femme leva les yeux au ciel et, prenant Allah à témoin, lui demanda de lui pardonner pour ce parjure.

Nasreddin prit sa charrue, y attela ses bœufs et, enfourchant son âne, s'en alla vers le champ. Cependant, suite à une soudaine et brève averse, la rivière déborda. Son âne fut emporté par le courant et, embourbé, un des bœufs eut une patte brisée. Nasreddin dut le remplacer lui-même. Il avait fini la moitié du champ seulement quand le soir tomba. Il rentra chez lui, exténué.

Il dut attendre longtemps dans l'obscurité que le niveau de la rivière baisse, pour pouvoir traverser. Il arriva vers minuit, trempé mais plus sage. Il frappa à sa porte.
-- Qui est là ? demanda sa femme.
-- Je pense que c'est moi, si Dieu veut.

Le signe du zodiaque
Un jour quelqu'un demanda à Nasreddin Hodja de quel signe du zodiaque il était.
-- Du bouc, répondit-il.
L'autre, incrédule :
-- Arrête de raconter des histoires, Hodja. Tu sais bien que le signe du bouc n'existe pas !
-- Aurais-tu quelque chose contre ça ? Figure-toi que quand ma mère me mit au monde, elle se renseigna sur mon signe et on lui répondit que c'était celui du chevreau. C'était voici plus de quarante ans, et tu voudrais qu'après tant d'années un chevreau ne devienne pas un bouc ?

Si je la vois
Ses amis dirent à Nasreddin Hodja :
-- Ta femme a pris l'habitude d'aller de maison en maison.

Dis-lui de rester un peu chez elle.
-- Je veux bien le lui dire, consentit Nasreddin. Si je la vois !

Simple idiot et Super idiot

Un jour, Nasreddin Hodja alla au moulin pour faire moudre son blé. En attendant son tour, il se mit à prendre des poignées de grains d'autres sacs pour les mettre dans le sien. Le meunier remarqua le manège et se mit à lui crier après :
-- Qu'est-ce que vous êtes en train de faire ?
-- Je suis un idiot et je fais ce qui me vient à l'esprit, répondit Nasreddin.
-- Vraiment, rétorqua le meunier. Alors pourquoi ne prenez-vous pas du blé de votre propre sac pour le mettre dans ceux des autres ?
-- Voyez-vous, dit Nasreddin calmement, je ne suis qu'un simple idiot. Si je faisais cela, je serais un super idiot.

Sois belle et tais-toi

Nasreddin Hodja, gravement malade, était alité. Tous pensaient qu'il n'y avait plus d'espoir. A son chevet sa femme pleurait. Hodja s'adressa à elle :
-- Femme, pourquoi pleurer ? Va te laver la figure, mets tes plus beaux vêtements, fais-toi belle et reviens à côté de moi.
-- Mais, Nasreddin, comment puis-je me faire belle alors que tu meurs ?

-- Je veux que tu fasses ce que je t'ai demandé, dit-il, parce que quand l'ange de la mort arrivera, il te prendra peut-être à ma place.

Solution
Quelqu'un demanda à Nasreddin Hodja :
-- J'ai mal à un œil, que dois-je faire ?
-- Ecoute, lui répondit Nasreddin. Une fois j'avais mal à une dent. Je l'ai retirée et ça m'est passé.

Le sommeil
Un soir, Nasreddin Hodja tournait dans tout le pays. Le veilleur de nuit lui demanda :
-- Où vas-tu ? Que fais-tu ?
Et Nasreddin :
-- J'ai perdu le sommeil et je le cherche.

Le songe
Une nuit Nasreddin Hodja se réveilla et appela brusquement sa femme :
-- Femme, apporte-moi vite le reste du halva que tu as fait hier soir.
De mauvaise grâce, elle obéit. Quand il eut terminé le gâteau, elle lui dit :
-- Ce n'était pas la peine de te réveiller pour le manger, tu l'aurais eu demain matin.
Et lui :
-- Mieux vaut un œuf aujourd'hui qu'une poule demain.

On ne sait jamais, le gâteau aurait pu disparaître dans la nuit. Il est bien mieux dans mon estomac.

Surprise

La femme de Nasreddin Hodja n'était facile à vivre. Elle le harcelait constamment et Nasreddin en avait plus qu'assez. Durant un de ses sermons, il parla des épouses acariâtres et il put vider son cœur à souhait.
Quand il eut fini, il se sentit mieux et demanda aux hommes de l'assistance qui avaient des femmes acrimonieuses de se lever. Tous se levèrent, ce dont il fut surpris. Un de ses amis lui dit :
-- Hodja, tu es le seul à ne pas te lever ! Tu dois donc être très heureux après tout avec ta femme !
-- Oh non ! répondit Nasreddin. J'allais me lever avant quiconque mais j'en ai été empêché. J'ai été tellement déconcerté par le nombre de personnes concernées que mes jambes se sont mises à trembler, à tel point que je ne pouvais même plus me lever.

Le tir à l'arc

Chaque fois que Timour Leng s'ennuyait avec ses courtisans, toujours à faire des courbettes et des bassesses, il éprouvait du soulagement dans la compagnie de Nasreddin Hodja. Un jour, il demanda à celui-ci de l'accompagner au champ de tir à l'arc.
-- Quel bon tir ! dit Nasreddin alors que la flèche d'un

soldat perçait l'œil du taureau de la cible. Il me rappelle la manière dont je maniais l'arc.

-- Vraiment ? dit Tamerlan, surpris par ces propos. Je n'ai jamais entendu dire que tu avais été archer.

-- Oh oui, en effet ! J'ai été un archer célèbre. Je me souviens que des hommes venaient de villes lointaines pour me voir tirer à l'arc.

-- Mes soldats tireront certainement profit d'une démonstration de quelques bons tirs, dit Timour Leng, qui appela alors un soldat et lui emprunta son arc et ses flèches, pour les donner à Nasreddin.

Voilà une bonne occasion de nous montrer ton savoir-faire.

-- Oh ! dit Nasreddin, vous ne devez pas priver votre soldat de l'occasion de s'entraîner. Il en a tellement plus besoin que moi.

Ce à quoi Tamerlan répondit :

-- Ta démonstration lui sera beaucoup plus profitable que le temps qu'il est censé perdre.

-- C'est qu'il y a si longtemps que je n'ai pas tiré à l'arc, dit Nasreddin. Il est préférable de ne pas le faire aujourd'hui.

-- Oh ! Cela te reviendra dès que tu sentiras l'arc entre tes mains.

Donnant l'exemple, Timour met une flèche en place, tend l'arc et envoie la flèche en plein dans le mille.

-- Regarde ! Cela fait des mois que je n'ai pas eu un arc entre les mains, mais je me sens comme si j'avais tiré hier. A toi maintenant.

-- Peut-être devrais-je attendre jusqu'à ce que cette coupure sur mon doigt guérisse, dit Nasreddin qui essayait de changer de sujet.

-- Le doigt ne doit pas toucher l'arc ou la flèche, s'entêta à lui dire Tamerlan.

-- Vous oubliez la douleur à l'épaule qui m'a gêné tout l'hiver, rétorqua Nasreddin, qui s'accrochait à tout ce qui pouvait contribuer à tenir arc et flèche hors de sa portée.

-- Tu as dit ce matin que le soleil printanier d'aujourd'hui avait fait disparaître cette douleur, dit Timour Leng, en tendant fermement l'arc et une flèche vers le récalcitrant.

Nasreddin Hodja savait reconnaître un ordre – et un ordre de Tamerlan était vraiment un ordre. Il essaya d'apparaître désinvolte dès qu'il prit l'arc entre ses mains maladroites. Un regard rapide à un soldat lui indiqua la façon de le tenir. Après deux ou trois essais, il ajusta la flèche pour la diriger vers la cible. Il tendit la corde et ferma les yeux. La flèche tomba mollement à quelques centimètres de ses pieds.

Tamerlan s'attendait à voir Nasreddin navré ou embarrassé. Pas du tout ! Un sourire désinvolte éclaira son visage et il dit :

-- Ce que je voulais vous montrer ainsi, c'est la manière dont tire votre maître de chasse.

Nasreddin prit une autre flèche des mains du soldat et répéta l'exercice, la flèche ne dépassant pas, cette fois, l'aire de départ !

-- Et cela, dit-il, c'est pour vous montrer comment tire votre gouverneur.

Nasreddin prit une troisième flèche et l'ajusta. Cette troisième flèche alla certes plus loin, mais nettement à droite de la cible.

-- Et cela, dit Nasreddin, vous montre comment tire votre général.

Nasreddin prit une quatrième flèche, ferma les yeux et tira au hasard. Et, à sa grande surprise, elle se logea exactement au centre de la cible.

—Dieu soit loué ! murmura Nasreddin qui ajouta à l'intention de Timour:

Et cela, pour vous montrer comment tire Nasreddin Hodja.

Un tir remarquable

Le gouverneur de la région chassait. Nasreddine Hodja faisait partie des invités. Il était las, car aucun gibier ne s'était montré depuis plusieurs heures. Soudain, il aperçut une gazelle. Il prit une flèche dans son carquois et banda son arc. Mais quelqu'un l'empêcha de tirer, en lui expliquant discrètement qu'il fallait laisser la priorité au gouverneur. Celui-ci tira et manqua l'animal. Tout le monde s'abstint de faire le moindre commentaire, sauf Nasreddine.

-- Bravo ! s'exclama-t-il.

-- Serais-tu en train de te moquer de moi ? demanda le gouverneur agacé.

-- Pas du tout, Excellence ! C'est la gazelle que je félicitais pour avoir réussi à échapper à un tir aussi remarquable !

Le touriste et Alexandre le Grand
Nasreddin Hodja partit faire le *hadj* : il alla en pèlerinage à la Mecque et en route, passa par Médine. Comme il se dirigeait vers la mosquée principale, un touriste, l'air plutôt embarrassé, s'approcha de lui.
-- Excusez-moi monsieur, lui dit-il, vous semblez être d'ici ; j'ai perdu mon guide. Pouvez-vous me dire quelque chose sur cette mosquée ? Elle semble très ancienne et importante.
Nasreddin, trop fier pour admettre qu'il n'en avait aucune idée, a immédiatement commencé une explication enthousiaste.
-- C'est en effet une mosquée très ancienne et particulière. Elle a été construite par Alexandre le Grand pour commémorer sa conquête de l'Arabie.
Le touriste fut impressionné, mais un doute se voyait sur son visage.
-- Mais comment est-ce possible ? Je suis certain qu'Alexandre était Grec ou quelque chose comme ça, en tout cas pas un musulman. N'est-ce pas ?
-- Je vois que vous avez quelques connaissances sur le sujet, répondit Nasreddin contrarié. En fait, Alexandre a été si impressionné par ses succès militaires qu'il s'est converti à l'islam, pour montrer sa gratitude à Dieu.

-- Oh ! fit le touriste hésitant.
Il ajouta:
-- Mais il n'y avait sûrement pas d'islam au temps d'Alexandre ?
-- Excellente remarque ! rétorqua Nasreddin. Il est vraiment encourageant de rencontrer un étranger qui connaisse si bien notre histoire. En fait, il a été tellement bouleversé par la générosité que Dieu lui a témoigné qu'aussitôt il a commencé à pratiquer une nouvelle religion et est ainsi devenu le fondateur de l'islam.

Le touriste regarda la mosquée avec plus de respect, mais avant que Nasreddin ne puisse tranquillement se fondre dans la foule, une autre question lui vint à l'esprit.
-- Mais n'est-ce pas Mohammed qui est le fondateur de l'islam ? Ce dont je suis sûr, c'est que ce n'était pas Alexandre.
-- Je vois que vous avez étudié la question, dit Nasreddin. J'y arrive justement. Alexandre a estimé qu'il pourrait correctement se consacrer à sa nouvelle vie comme prophète en adoptant une nouvelle identité. Ainsi, il a renoncé à son nom et pour le reste de sa vie, s'est appelé Mohammed.
-- Vraiment ? s'exclama le touriste, c'est étonnant ! Mais… mais j'ai toujours pensé qu'Alexandre le Grand avait vécu bien longtemps avant Mohammed ? Est-ce juste ?
-- Certainement pas ! répondit Nasreddin, Nous ne parlons

pas du même Alexandre. Vous pensez à un Alexandre le Grand différent du mien. Moi je parle de celui qui se nommait Mohammed.

Le transport
Un jour Nasreddin Hodja avait mis de côté dans un sac des objets qui ne lui servaient plus. Il les confia à un porteur et se rendit avec lui au marché, où il espérait bien en tirer quelque chose.
Dans l'encombrement, il perdit de vue le porteur. Après l'avoir cherché en vain, il rentra chez lui.
Quinze jours plus tard, il se rendit à nouveau au marché. Tout à coup, il se trouva nez à nez avec le porteur. A cette vue, il sursauta et s'enfuit précipitamment.
Au village, les paysans au courant de cette affaire demandèrent à Nasreddin la raison de sa fuite.
-- Qu'avais-tu donc à craindre ?
-- Mais voyons, mes amis, comment ne pas fuir ? Et si le bonhomme m'avait demandé le prix de quinze jours de transport ?

Le trou
Nasreddin Hodja creusait un trou dans son jardin. Son voisin lui demanda :
-- Que fais-tu avec tant d'ardeur ?
-- Je creuse un trou pour y mette les pierres qui sont le long de la route.

-- Quand tu auras rempli ton trou de pierres, que feras-tu de la terre que tu as retirée ?
Nasreddin, de répondre, agacé :
-- Ecoute, j'ai tellement de travail que je ne peux pas en plus penser à ça !

Le turban perdu
Nasreddin Hodja avait perdu un somptueux turban.
-- Tu dois être bien ennuyé, Mollah ! compatit un voisin.
-- Non, je suis sûr de le retrouver : j'ai offert une récompense d'une demi-pièce d'argent.
-- Mais celui qui le trouvera ne va sûrement pas se défaire d'un turban qui vaut cent fois plus que cela !
-- J'y ai songé, figure-toi. J'ai donc signalé qu'il s'agissait d'un vieux turban, sale, très différent du vrai.

Un peu plus loin
Il faisait une chaleur à mourir. Nasreddin Hodja et sa femme dormaient. Lui prenait toute la place et elle, n'en pouvant plus, lui dit :
-- Va un peu plus loin.
Agacé d'avoir été dérangé dans son sommeil, il se leva, prit son âne et se mit en chemin.
Le lendemain, une connaissance du village voisin lui demanda où il allait de si bon matin.
-- Je ne le sais pas moi-même, répondit Nasreddin. Mais je

t'en prie, va dans mon village et demande à ma femme si je dois aller encore plus loin.

Vache contre vache
Comme Nasreddin Hodja exerçait, un certain temps, les fonctions de juge suppléant, un paysan vint le trouver.
-- Grand juge ! Je viens te consulter. Supposons qu'une vache attachée à un piquet encorne une vache errante. Est-ce que le propriétaire de la première doit indemniser celui de la seconde ?
-- Certainement pas, répondit Nasreddin. Une vache doit être tenue dans son enclos. Tant pis pour son maître s'il la laisse vagabonder.
-- Je suis vraiment soulagé, Hodja, car c'est ainsi que ma vache a blessé la tienne tout à l'heure.
-- Par Allah ! Pourquoi ne m'as-tu pas donné dès le début une narration complète des faits ? Le cas est beaucoup plus compliqué que tu ne me l'as dit. Il faut que je consulte la jurisprudence. Qu'on m'apporte le gros livre noir qui se trouve en haut sur l'étagère !

Valeur
Dans un village où Nasreddin Hodja était imam, les gens avaient l'habitude de collectionner des pièces d'or, de les mette dans une jarre et de l'enterrer dans leur jardin. Une fois par an, ils déterraient la jarre, admiraient les pièces puis l'enterraient de nouveau. Nasreddin Hodja prit des

cailloux, les mit dans une jarre et l'enterra.
-- Effendi, ça ne va pas ainsi, tu dois remplir ta jarre d'or, lui dirent les gens.
-- Braves gens, dit Hodja, considérant que vous ne dépensez pas votre argent, qu'importe que ce soit de l'or ou des cailloux ?

Le vendeur
Nasreddin Hodja décida un jour de devenir vendeur de pois chiches grillés. Il acheta, à un ancien marchand de pois chiches, un âne et les outils nécessaires à ce commerce. Comme l'âne était habitué à ce négoce, chaque fois qu'il passait devant une maison de clients potentiels, il se mettait à braire.
Nasreddin ne pouvait ouvrir la bouche pour crier "marchand de pois chiiiiiiches", sans que l'âne ne se mette à braire. Arrivé à la place du marché, prêt à crier "marchand de pois chiiiiiiches..", il fut devancé par l'âne qui avait commencé à braire. Il se tourna vers lui et lui dit :
-- Qui est en train de vendre les pois chiches ? Toi ou moi ?

Vérifiez
Trois savants, de passage à Aksehir, voulaient connaître le célèbre Nasreddin Hodja.
Au cours de l'entrevue, ils se proposèrent de lui poser chacun une question. Première question :
-- Où est le centre de la terre ?

Nasreddin, montrant l'endroit où étaient posées les pattes de son âne :
-- Ici.
-- Comment pouvons-nous te croire ?
-- Si vous ne me croyez pas, mesurez !
Seconde question :
-- Combien d'étoiles y a-t-il dans le ciel ?
-- Autant que de poils sur mon âne.
-- Autant que de poils sur ton âne !
-- Stupidité, riposta l'un des savants. Comment peux-tu le démontrer ?
-- Si tu ne me crois pas, compte !
Troisième question :
-- Combien y a-t-il de poils à ma barbe ?
-- Autant qu'à la queue de mon âne.
-- Autant qu'à la queue de ton âne !
A cette ultime réponse, tous protestèrent. Nasreddin leur dit avec calme :
-- Vous ne me croyez pas ? Tirons un poil de la queue de mon âne et un de ta barbe jusqu'au dernier et vous verrez que j'ai raison.
Devant tant d'esprit, les savants ne surent que répondre et se mirent à rire.

Les vêtements mouillés
Timour Leng décida d'aller à la chasse. Il plut tellement ce jour-là que le souverain et les chasseurs rentrèrent trempés

au campement. Nasreddin Hodja n'était pas encore là.
C'est alors qu'on le vit arriver à cheval, les vêtements secs. Tamerlan s'enquit :
-- Comment se fait-il que nous soyons tous trempés et toi sec ?
-- Que voulez-vous, Majesté, mon cheval est vif comme l'éclair.
Et Tamerlan lui demanda son cheval.
A quelques temps de là, par une autre journée de pluie, Tamerlan, bien que sur le cheval de Nasreddin, rentra trempé jusqu'aux os. Il appela Hodja :
-- Tu m'as menti. Ton cheval est pire qu'un âne !
-- Maître, si tu avais retiré tes vêtements et les avais liés sous le ventre du cheval, tu serais arrivé sec, comme moi le jour où tu as voulu ma monture !

Vêtements volés
Nasreddin Hodja traversait la forêt, quand il décida d'aller se dégourdir les jambes. Il attacha son âne à un arbre et se débarrassa de quelques vêtements pesants. Puis il s'enfonça dans le bois. Un voleur survint alors qui lui déroba ses vêtements.
A son retour, Nasreddin chercha ses effets et ne les trouvant pas, il prit la selle de l'âne et lui cria:
-- Espèce d'idiot. Retrouve mes vêtements et je te rendrai la selle.

Le vinaigre
Un voisin demanda à Nasreddin Hodja :
-- Toi qui es conservateur, as-tu du vinaigre de quarante ans ? C'est pour mettre sur le front de ma femme qui a très mal à la tête.
Nasreddin, haussant les épaules :
-- J'en ai, mais je ne t'en donnerai pas.
Le voisin, vexé :
-- Quel sorte d'ami es-tu ? Qu'est-ce que cela te coûte de me donner un peu de vinaigre ?
-- Si j'en avais donné à tous ceux qui m'en ont demandé, est-ce qu'aujourd'hui j'aurais du vinaigre vieux de quarante ans ?

Des voisins jeunes
On demanda à Nasreddin Hodja :
-- Est-ce qu'un homme âgé de cent ans peut avoir des enfants ?
-- Oui, s'il a des voisins jeunes de vingt-cinq ou trente ans.

La voix
Nasreddin Hodja, au hammam, se mit à chanter. Sa voix résonnait sous la coupole, elle le stupéfia tant elle était belle. Il termina vite son bain et se rendit à la mosquée. Il monta en haut du minaret et commença à appeler les fidèles à la prière. Malheureusement, il avait une bien

vilaine voix. Un ami qui passait lui cria :
-- Il ne te suffit pas de te tromper d'heure pour l'appel de la prière, il faut en plus que tu chantes avec une voix aussi horrible !
Nasreddin lui répondit :
-- Si tu avais entendu ma voix au hammam, tu ne te serais pas permis de la critiquer !

Le vol de l'âne
On avait volé l'âne de Nasreddin. Il courut au poste de police pour déclarer le vol.
Le chef, après l'avoir écouté, lui dit que c'était très grave et ajouta :
-- Maintenant dis-moi comment cela s'est passé.
-- Si je savais comment cela s'est passé, je ne serais certainement pas venu te trouver, répondit Hodja.

Le voleur
Un jour Nasreddin Hodja entendit des bruits suspects dans sa maison. Pensant à un voleur, il se cacha dans un placard.
Le voleur fouilla partout, sans trouver quoi que ce fût digne d'être dérobé. Au moment de partir, il alla quand même jeter un coup d'œil dans le placard. Quelle ne fut pas sa surprise d'y voir Nasreddin !
-- Mais que fais-tu là-dedans ?
-- Je me suis caché parce que j'avais honte, répondit

Nasreddin. Chez moi, il n'y a rien qui soit digne d'être volé.

Les voleurs et l'âne

Deux voleurs attendaient, sur son chemin de retour, Nasreddin Hodja qui venait d'acheter un âne. L'un des deux détacha l'âne que Nasreddin Hodja tenait par la bride et l'autre prit la place de l'âne. Quand il arriva à la maison, il constata la transformation.
-- Qui es-tu ? dit Nasreddin
-- J'ai fait beaucoup de bêtises dans mon enfance et ma mère, qui était une sorcière, m'a puni en souhaitant que je devienne un âne pour une période de vingt ans. Cette période vient juste de se terminer, laisse-moi rentrer chez moi, s'il te plait, dit le voleur.
Nasreddin fut touché par cette histoire et relâcha le voleur en l'enjoignant de ne plus recommencer. Le lendemain, il repartit au marché en acheter un autre et, surprise, il retrouva l'âne qu'il avait acheté la veille. Alors, il s'approcha de lui et lui dit à l'oreille :
-- Ah ! Toi, tu as encore fait des bêtises. Cette fois, je te jure que je ne t'achèterai pas.

Le voyageur

Un voyageur, de passage au village, demanda à un homme, adossé à un mur, s'il connaissait bien Nasreddin Hodja.

-- Je voudrais le rencontrer, dit-il, car on prétend qu'il est rusé. Étant donné que je prétends être plus rusé, je voudrais me mesurer à lui.

L'homme lui répond :

-- Peux-tu maintenir ce mur avec ton dos ? Ici, les hommes du village se relaient pour éviter qu'il ne tombe. Pendant ce temps, je vais aller chercher Nasreddin Hodja et je reviens prendre ma place. L'homme s'exécuta aussitôt.

Au bout de quelques heures, des hommes du village qui se demandaient ce qu'il faisait, l'abordent. Il leur expliqua ce qui s'est passé. Ils lui répondirent :

-- Pauvre idiot, tu as eu affaire à Nasreddin Hodja lui-même !